花束みたいな恋をした

ノベライズ
NOVELIZE

原作・脚本　坂元裕二
著　黒住光

リトルモア

2020

プロローグ

麦《むぎ》はイライラしてコーヒーカップを置いた。

「あの子たち、音楽、好きじゃないな」

唐突な彼の言葉に、隣の彼女が「え？」と聞き返す。

向こうの席にいる、大学生ぐらいのカップルだ。テーブルの上に置いたスマホから伸びるイヤホンを片方ずつ指でつまみ、それぞれ自分の片耳に入れ、二人仲良く聴いている。

一見、まだつきあいの浅そうな男女の微笑ましい光景に、麦はイラついていた。

自分の首にかけていたイヤホンの両端を持ち、麦は彼女に説明を始めた。

「音楽ってね、モノラルじゃないの。ステレオなんだよ。イヤホンで聴いたらLとRで鳴ってる音は違う。Lでギターが鳴ってる時、Rはドラムだけが聞こえてる。片方ずつで聴いたらそれはもう別の曲なんだよ」

その時、別のテーブルで、絹《きぬ》は両手にイヤホンのLとRを分けて持ち、隣の彼氏に尋ねた。

「ベーコンレタスサンド、ベーコンとレタスで分けて食べました。それベーコンレタスサンド？」

妙な質問に面食らいつつ、彼氏は「違う」と答えるしかない。

「かつ丼を二人で分けて、一人がかつを全部食べました。もう一人が食べたものは？」

「……玉子丼」

「ね。同じ曲聴いてるつもりだけど、違うの、彼女と彼は今違う曲を聴いてるの」

絹もまた、あのイヤホン片耳分けのカップルを見て言っているのだった。

麦は麦で、彼女に力説を続けている。

「レコーディングスタジオの、こういう卓、見たことあるでしょ」と、両手を大きく広げて言う。

「ものすごい数のスイッチとかつまみとか、あの全部がLとRから流れる音を立体的にするために……」

絹も彼氏に熱弁を続けていた。

「音楽家もエンジニアのみなさんも、夜食のお弁当を食べながら何十回何百回聴き比べて音を作ってるわけじゃない？　それをね、LとRを分けて聴いちゃうなんて……」

麦は許せない。

「ミキサーの人、夜食のお弁当、卓に投げちゃうよ」

絹は許せない。

「やってられるか、って」


三組のカップルがそれぞれのテーブルにいた。山音《やまね》麦とその彼女。八谷《はちや》絹とその彼氏。そして、若い大学生のカップル。

麦と絹は別々のテーブルにいて、別の相手に、同じ話をしていた。まるでイヤホンのLとRに分かれたサウンドが一つの曲を奏でるように。

「でも二人で聴きたいんじゃないの？」と彼女が若いカップルを擁護するのを、麦は即座に否定した。

「スマホは一人一個ずつ持ってるじゃない」

麦はテーブルの上の自分のスマホと彼女のスマホを指差し、語気を強めた。

絹は自分と彼氏のスマホをテーブルに並べ、「一個ずつ付けて、同時に再生ボタンを押せばいい」と、二つのスマホのボタンを両手で押してみせた。

彼氏は「ひとつのものを二人で分けるからいいんじゃないの?」と、正論を述べるのだが……。

麦が言う。

絹が言う。

「分けちゃダメなんだって、恋愛は」

「恋愛は一人に一個ずつ」

麦は立ち上がる。

「一個ずつあるの。あの子たちそれをわかってないな」

絹は立ち上がる。

「教えてあげようかな」

イヤホン片耳分けは音楽に対する冒瀆である。今まさにそれをやっている大学生カップルに、音楽の何たるかを教えなければ。休日のカフェの平和な空気を破るように、二人は同時に席を立った。

立ち上がって気づいた。麦は絹に。絹は麦に。

大学生たちの方へ歩きかけていた二人は同時に足を止め、顔を見合わせた。

カフェの広いホールの真ん中に固まったように立ちつくし、長い一瞬を無言で見つめ合った後、二人は回れ右をして、それぞれの席に戻った。

カップを鷲づかみにしてコーヒーを流し込む麦に、彼女が何事もなかったように話す。

「それよりかさ、昨日の夜わたし、麦くんちにピアス忘れてなかった？　ベッドの上とか」

「見なかったけど……」

麦は上の空で、隣の彼女に返事した。

テーブルに戻った絹は、彼氏の話を上の空で聞いていた。

「うちの親がさ、絹ちゃん紹介しろってうるさいんだけどさ、どうする？　戸塚まで来てくれる？」

「うん、そうだね。行くのは……」

絹はうつろな視線を宙にさまよわせる。

麦と絹は、大学生カップルのことも、目の前の相手のことも、もう頭から消えてしまっていた。

麦の心は、ここでないどこかにいた。

絹の心は、今でないいつかにいた……。

2015

1

二〇一五年の冬、八谷絹は二十一歳だった。テレビで流行っているクマムシの「あったかいんだからぁ♪」を口ずさみながら朝食のトーストを焼く、ごく普通の女子大生だった。その朝、オーブントースターから取り出した食パンにバターを塗ろうとして、手が滑った。床に落ちたパンを見て、絹は思う。

(これだけは真実だよなと思えることがひとつある。トーストを落としたら、必ずバターを塗った方から床に落ちる)

マーフィーの法則によれば「落としたトーストがバターの面を下にして着地する確率はカーペットの値段に比例する」そうだが、絹がトーストのバター面を着地させたのは、カーペットも敷いていないダイニングのフローリングの床面だった。八谷絹の法則はマーフィーよりも不運の確率が高い。

(だから私は大体ひそやかに生きていて、興奮することなんてそうそうあるもんじゃない)と、自認している絹なのだが、五秒ルールにのっとり拾い上げたトーストを齧りながらスマホを見ていて、さっそく興奮していた。

（国立科学博物館でミイラ展が始まる！）

スマホに入った情報を読み、ニヤッと片方の口角を少し上げただけだが、本人的には（そうは見えないかもしれないけどこれ、内心歓喜し、むせび泣いているわたし）の顔だった。ミイラ展にむせび泣く女子大生とは、つまり一般的にいうところの「女子力」的な価値観から距離が遠いものに萌えるタイプである。


絹は二年前から「麺と女子大生」という名のラーメンブログもやっている。先週、そのブログのページビューが1日1500を超えた。つまり先週も「そうそうあるもんじゃない興奮」があったわけではある。

そして昨日、絹はページビューをさらに伸ばすべく、新店舗開拓のためにまだ行ったことがなかった原宿のラーメン店を訪れた。ひとり黙々と麺をすすりながら、日付と店名、麺とスープと具の評価などのデータをスマホに打ち込む。そんなひそやかに地味な趣味を二年続けているのだった。

その後、夜はお笑いコンビ「天竺鼠《てんじくねずみ》」のワンマンライブを観に行く予定だった。ラーメン店を出て、ライブまでの時間つぶしに表参道を歩いていると、絹は道行く人達の視線を妙に感じた。何気なく目をやったアクセサリーショップのショーウインドーに映った自分の姿を見て、ようやく気づいた。

いつも着ているレンガ色のダッフルコートの中は今日初めて着たジャガードニットのセーター。そのセーターの上に、覆いかぶさっている白いもの。ラーメン屋の紙エプロンを首からかけたままだった。お洒落な街を歩いているときに限って恥ずかしいミスをしてしまうというのも八谷絹の法則である。

ショーウインドーの前であわてて紙エプロンを外し、丸めてポケットに入れようとしていた時、「あ、久しぶり」という声がした。

見覚えのある男の顔が絹の顔を覗き込んでいた。（前に一度デートしたことがある富小路《とみのこう》《じ》くんだ）と絹はすぐに気づいた。

「……久しぶり」

富小路くんは言葉に詰まったような間をおいて、手を差し出した。絹はつくり笑顔で握手しながら、（こいつ、名前覚えてないな……）と思った。

まあ、ちょうど暇つぶしにはいいかと思い、絹は富小路くんと表参道を歩いた。ウインドーショッピングなんかして曖昧な時間を過ごしているうちに、日も暮れてきて「メシでも行く？」という話になる。

焼肉屋に連れて行かれ、絹は結局また紙エプロンをセーターの上にかけることになった。富小路くんは肉を次々と焼いては、絹の皿に載せていく。ラーメン食べたし、そんなにお腹は空いていなかったが、特に富小路くんと話もはずまないので黙々と食べた。

「美味しい？」

「うん」

笑顔で答えながら、絹は思い出していた。

（そう言えばこの人、前回も私が新しいセーターをおろした日に焼肉屋に連れて行った）

女子と初デートに焼肉はいかがなものかとか考えないのか、それとも絹を女子として意識していないということか。

（余裕あっていいかもって思える男は、大体こっちを見下してるだけで）

いや、こっちだって別に何か期待してるわけじゃないしと思いつつ、カルビを頬張る。名前も忘れられてたような相手に期待するわけないしと思いつつ、ハラミをつまむ。ライブ行くからって言わなかったのは、何となく言い出せなかっただけだしと思いつつ、上ミノを噛みしめる。心は富小路くんではなく肉と向き合っていた。ともかく肉は美味い。

一通り食べた頃だった。ガラッと表の引き戸が開いて、キャメルのコートにベレー帽をかぶったキラキラ系女子が覗き込んだ。絹よりもずっと背が高くスマートで、モデルでもやってそうな美人だった。

「ショウマ！」

「リサ！」

呼びかけてきたベレー帽に富小路くんが答えた。

「ちょっと待ってて」

富小路くんはリサの方へいそいそと立った。なるほど、と絹は一人うなずく。店の前で楽しそうに談笑している二人。どこまでの関係かは知らないが、とりあえず下の名前で呼び合う仲だ。富小路くんにはああいう子がお似合いだよねと思う。

ともかくおごってくれたのだから、ありがたくごちそうさまだ。焼肉屋の前で「じゃあね」と笑顔で手を振って、腕を組んで夜の街に消えていく富小路くんとリサの背中を見送った。

そして、腕時計を見て絹は「ハッ」と声を上げた。気がつけば終電の時間になっていた。

駅まで走ったが間に合わず、始発までネットカフェで過ごすことになった。狭いブースの中に身体を曲げて寝そべり、パソコンモニターの光に照らされて、財布の中からチケットを取り出し眺めた。

(天竺鼠、観に行けばよかった)

後悔しながら備え付けの毛布をかぶる。下ろしたばかりのセーターは焼肉のニオイがして、毛布はかび臭かった。

始発が動くと、絹はまだほの暗いうちに飛田給の駅に着き、駅へと急ぐ人々の流れに逆行して家路を歩いた。最悪な夜が明け、最低な朝帰りとなったのが今朝のことだったのだ。

こんな時、絹はいつも思い出すようにしていることがある。

(二〇一四年サッカーワールドカップ準決勝。開催国ブラジルがドイツに七点入れられて負けた。あの時のブラジル国民、国をあげての阿鼻叫喚。あれよりはマシ。わたしあれよりは全然幸せだいぶ幸せ)

心の中で呪文のように唱えた。そう、悲観することはない。つねにバターの面が床に落ちるとは限らない。

(今はミイラ展のことだけ考えよう。これ以上何も望むまい)

絹はパソコンを開いて国立科学博物館のサイトにアクセスした。ちょうどミイラ展のチケット購入ボタンをクリックした時、スマホにピロロンとＬＩＮＥの着信音が鳴った……。

2

二〇一五年の冬、山音麦は二十一歳だった。線路から寒風が吹き抜ける陸橋の上、歩道に置かれたパイプ椅子に座り、交通量調査のアルバイトなんかをやっている普通に貧乏な大学生だった。

歩行者が一人通るたびに膝の上に置いた数取器をカチャリと押す。向かう方向、年齢性別によって異なる数取器でカウントする。単調極まりない作業を繰り返していると、どうでもいいようなことが頭に浮かぶ。

(僕はいまだジャンケンのルールが理解できない。石がハサミに勝つ。ハサミが紙に勝つ。そこまではわかる。紙が石に勝つ。え？　紙は石で普通に破れますよ。人類は何故そんな矛盾に満ちたルールを当たり前に受け入れてきたのか。人生は不条理だ)

そんなことを考えながら、目の前に建っているラブホの入り口を麦は見ていた。五十過ぎぐらいのサラリーマン風のおじさんの腕を二十歳ぐらいの女の子が引っ張り、二人で中へ入っていく。どういう関係なのか。やっぱり人生は不条理だと麦は思った。

バイトが終わり、夕飯の弁当が入ったコンビニの袋を提げ、冷え切った身体でアパートに帰ると、そこにも不条理は待っている。郵便受けに投げ込まれた大量のチラシ。

（月五万八千円のアパートの郵便受けに入っている三億二千万の分譲マンションのチラシ。今年イチ笑った）

家賃五万八千円、築四十年以上は経った1Kの木造アパートの部屋の中、コタツに入ってコンビニのネギ塩牛バラ丼をプラスチックのスプーンでかき込む。

コタツの台の上には開いたスケッチブック。夕飯を食べながら絵を描くのが麦の日課だった。描きためたペン画のイラストは、日常の出来事を絵日記のように記録したものだ。今日はアパートの郵便受けの前で億ションのチラシを見ている自分を描いた。出来は今ひとつな気がする。

（最近ちょっと調子悪い。理由はわかっている。燃え尽き症候群なのだ）

燃え尽きる前、あの燃え上がっていた頃の自分を麦は思い返した。

（三ヶ月前、ストリートビューで近所を検索していて、そこに奇跡を見た）

まだコタツを出す前の季節。万年床の布団の上でノートPCを開き、暇つぶしにGoogleのストリートビューで近所をバーチャル散歩していた時のことだ。麦は思わぬも

2015.1.14
MUGI

のを発見し、「ええっ！」と声を上げた。

近所のコンビニ前の通りの画像に映り込んでいる、コンビニの袋を提げて歩く若い男。見覚えのあるチェックのネルシャツ。マジか、と思う。それは間違いなく麦自身の姿だった。自分しかいない部屋で、麦は思わず周りを見回した。この興奮を誰かに伝えたかったのだ。

麦はさっそく学校へ行って沖田くんに伝えた。もちろん画像と同じネルシャツを着て行った。

「すごいねすごいね。まさか友達がストリートビューに出るなんて」

沖田大夢《ひろむ》くんにストリートビューを見せるとそう言ってくれた。「おめでとう」とハイタッチまでしてくれたので、嬉しくなって学食の飯をおごった。

岸川くんも「すごいすごい」と言ってくれたし、熊田くんも「一生の思い出じゃんね」と言ってくれたのでおごった。

その他知ってる限りの友達に、よく知らない学生たちにも、麦は自分のストリートビューデビューを見せて回った。褒めてくれる奴らにおごりまくった。これまで学校でみんなの輪の中心にいることなどなかった自分が、スターのようにみんなに囲まれている。

（夢のような日々だった）

あの頃の興奮していた自分を思い出す。興奮のあまり、憧れの卯内《うない》さんにまで声をかけた。

「卯内さん！　卯内さん！」

クラスいちの美人の卯内日菜子《ひなこ》さんを大声で呼び止めて駆け寄った。

「見てこれ！　これ、俺」

ドヤ顔でストリートビューを見せた。


今考えるとかなり恥ずかしい。けれど、あのバカな興奮状態でなければ、あんなに馴れ馴れしく卯内さんに話しかけることはできなかっただろう。

（あれ以上の興奮がこの先僕に起こるのだろうか）

麦はため息をついて、コタツに入ったまま上体を万年床に横たえた。仰向けになると頭上に吊り下がっている上着が目に入った。ハッと起き上がり、上着のポケットから財布を抜き、札入れに入っていたチケットを取り出し確認した。

「あーやらかしたぁ……」

天竺鼠のライブのチケット。今日の日付だった。麦はチケットを投げ捨て、再び万年床に倒れ込んだ。

（地上のすべてを諦めたら、人はいつか空を飛べると誰かが言った。そろそろ飛べるんじゃないか）

リアルな絶望とポエムな希望の間にいた時、スマホにピロロンとＬＩＮＥの着信音が鳴った……。

3

（人数合わせで呼ばれた西麻布）

心の中で絹はそう呟く。今朝のＬＩＮＥで呼び出され、夜の西麻布に来ていた。指定された店は黒服の店員が案内してくれるゴージャス感あふれる内装の店。個室と呼ぶには広すぎる部屋に通される。

スマホにつないだイヤホンを耳から外し、もつれたコードを解きながらその部屋の大きな扉を開けると、大音量で下手くそなGReeeeNの「キセキ」の歌声が聞こえてきた。

数十名のパーティー。大スクリーンに投射されたカラオケ映像をバックにマイクを握った男が気持ちよさそうに歌っているが、誰も聴いていない。

（カラオケ屋に見えない工夫をしたカラオケ屋でカラオケするＩＴ業界人は大抵、ヤンキーに見えない工夫をしたヤンキーで）

スーツをノーネクタイで着た年齢不詳の男たちがテーブルを囲み、それぞれ隣に座らせた女子に何か熱弁をふるっている。一人の声が絹に聞こえた。

「結局、やるかやらないかなんだよ」

(この言葉が何より好き)

別のテーブルでは、女子たちが集まってポーズをとり、一人のおじさんがスマホで撮影している。

(インスタにアップする写真は女子だけで撮る)

どのテーブルにも交じれず、コートもマフラーも脱がないままうろついていた絹は、いつしか参加者中でもいちばん年配に見えるおじさんに捕まり、「去年胃を半分切った」という話をサシで聞かされていた。

(何でこんなところに来たんだろ。毎回同じことを思ってる)

自分に向いていないことが分かっている場所でも、誘われれば来てしまう。いい意味で、それが若いということかもしれない。トーストは落ちてみなけりゃ、どちらの面を向くか分からない。

おじさんの話はうなずく振りで聞き流し、絹はテーブルの下に持ったスマホで最新ラーメンランキングをチェックしている。どこかでラーメン食べて帰ろうかなとか考えていた。

素敵な出会いも楽しい盛り上がりも何もないまま無意味な時間を過ごし、絹はカラオケ屋に見えないカラオケ屋から退散した。オシャレを気取りたい人たちは交通の便の悪い街に集まりたがる。面倒くさい帰り道。西麻布からバスで渋谷に出て、井の頭線の電車に乗る。明大前に着くと京王線に乗り換えだが、絹は明大前で京王線のホームには向かわず改札を外へ出た。終電にはまだ少し余裕がある。ブログも更新したいし、やっぱりラーメン屋に寄り道していくことにしたのだ。

駅からほど近い、替え玉無料の博多ラーメンチェーン。カウンター席で出されたラーメンをブログ用にスマホで撮り、いただきますと箸を持ったタイミングで、LINEの着信音が鳴った。母から「帰りにトイレットペーパー買って来て」とのメッセージだった。

ラーメン屋を出ると、絹はドラッグストアに寄ってトイレットペーパーを買った。8ロールパックを二つ買って両手に提げ、駅へ向かって歩いていたら、後ろから走ってきた二人組のサラリーマンが「やべぇ、終電終電」と言うのが聞こえた。時計を見ると終電まであと数分。トイレットペーパーなんか買ってたせいだ。絹も走り出す。

4

昨夜のＬＩＮＥで呼び出された麦は、夜の明大前駅に降りた。改札を出て、もつれたイヤホンを解きながら歩く。

指定された店はごくありきたりのカラオケボックスだった。受付で聞いた部屋番号を探し、ここかなと小さなドアを開ける。

十人ほどの飲み会。知らない誰かがSEKAI NO OWARIの「ＲＰＧ」を歌っているところだった。

「あ、卯内さんが誘った人？」

「はい。卯内さんは……」

ドア近くに座っていた男が気づいてくれた。麦は室内を見回したが、卯内さんの姿はない。

「空けたげて空けたげて」

みんなが席を詰めてくれ、なし崩しに麦は座らされた。

「卯内さんは……」

麦がもう一度聞くと、両隣の男たちが笑いながら答える。

「今夜はお月様の形が不吉だからやめとくって」

「あの人、スピリチュアル入ってるよね」

卯内さんからの誘いに新たなる興奮の日々の到来を期待して来た麦だった。彼女がいないのなら、ここにいる理由もない。

麦が席を立とうとしたら、外から「ウェ〜イ」と三人組の男が部屋になだれ込んできた。みんなが席を詰め、麦はさらに奥へと追いやられる。スシ詰め状態で、出るに出られなくなってしまった。


それから数時間、卯内さんに誘われたのに卯内さんのいない飲み会は延々と続き、付き合いのいい麦は親しくもない連中のカラオケに拍手したりして過ごした。もしかすると卯内さんが遅れて現れるかもという淡い期待もあったが、さすがに終電の時間が迫る頃にはそれも諦めて、一人抜け出してきた。

深夜の商店街はラーメン屋の明かりだけが煌々と光っていた。時計を見るともう終電ギリギリだ。ヤバい。麦は猛ダッシュした。

駅前まで来ると、レンガ色のダッフルコートに白いリュックを背負った女の子が前を走っている。同じ終電を目指しているようだ。

改札の手前で彼女を追い抜こうとして、身体が少し触れてしまった。彼女が抱えていたトイレットペーパーのパックが地面に転がる。

「あ、ごめんなさい」

麦はあわててトイレットペーパーを拾って渡し、「どうぞ」と彼女を先に行かせた。続いて入ろうとしたら、ポーンという警告音ともに自動改札機のフラップがバタンと閉じた。

「え?」

こんな時に限ってPASMOがチャージ残高不足だった。麦が立ち往生していると、トイレットペーパーの彼女も立ち止まり、申し訳なさそうにこっちを見ている。「私のせいで?」と思っているのかもしれない。

チャージ不足は彼女に関係ないし、モタモタしてると彼女も終電に乗り遅れてしまう。

麦は「構わず行ってください」と目線と手振りで彼女を促し、自分は券売機の方へ走った。

「最悪……」

大急ぎでPASMOに千円チャージして、改札の方へ戻ったが、すでに電車の発車チャイム音が鳴り終わるところだった。

「くそっ……」

麦より先に改札前にたどり着いていたサラリーマン風の男性が、掲示板を見上げて小声で呟いた。終電の表示が消える瞬間だった。

「ああ……」

麦も彼の隣で絶望した。

もう一人、フェイクファーのコートを着た派手目の女性が来て、「終電行っちゃいました?」とサラリーマン風の男性に聞く。「おそらく」と彼が答え、「始発待ちか……」と彼女はうなだれる。

見ず知らずの三人が呆然と改札前に立ち尽くす。しばらくして男性が麦に声をかけてきた。

「あの……朝までやってる店、知りません?」

「え……」

カラオケボックスとか居酒屋とか、何軒か朝までやってる店があったと思うが、急に聞かれても返答に困る。

考えながら駅の中の方を見ていて、麦は「あ」と驚いた。トイレットペーパーの彼女が、肩を落としてトボトボとこっちへ歩いてくる。結局、彼女も終電に乗れなかったらしい。

5

数分前、絹は両手にトイレットペーパーを提げて駅前を必死に走っていた。同じように終電を目指して走る誰かの足音がバタバタと後ろから聞こえてくる。

絹は右手のトイレットペーパーを左の小脇に抱え、空いた手でポケットのPASMOを探りながら行った。しかし、厚手のウールのコートの袖で抱えたトイレットペーパーは滑り、改札の手前でバサッと地面に落下した。同時に後ろから来た人とぶつかる。

「あ、ごめんなさい」

学生風の若い男の子がそう言いながらトイレットペーパーを拾ってくれた。絹がそれを落として急に足を止めたせいで彼と交錯する形になったのだが、彼は自分がぶつかったせいで絹が落としたと思っているらしい。

「すいません」

絹はひと言謝り、改札の中へ入った。すると、後ろでポーンとアラーム音が鳴り、「え?」と声がする。振り返ると、さっきの彼が自動改札で引っかかっていた。

トイレットペーパーを拾ったりしていたせいで彼が終電を逃したら申し訳ない。絹が立ち止まって見ていると、彼は「どうぞ行ってください」という風に手で示した。

終電はもうホームに入ってきているらしく、発車前のアナウンスが聞こえている。本当にもうギリギリだ。ごめんなさいと思いながら絹はホームの方へ走った。

しかし、絹が階段を駆け上がりホームにたどり着いた時には、無情にも最終電車はすでにドアが締まり、動き出すところだった。

二日続けて終電に乗り遅れた。またネットカフェで寝るのか。いや、それよりも朝帰り二連チャンを母に責められるに違いないのが憂鬱だった。昨日の最悪な夜と最低な朝帰りよりもさらにひどい、最悪と最低の記録更新。

絹は重い足取りで駅の階段を下りた。肩を落として改札の方へ向かう。駅員にPASMOの入場を取り消してもらって出るしかない。

うつむく視線をふと上げて、絹は「あ」と思った。改札の外、さっきの彼がまだそこに立っている。向こうも絹に気づいた。お互い声をかけるでもなく、気まずく目を合わせた。

6

初めて会った四人が深夜営業のカフェで一つのテーブルを囲んでいた。八谷絹、山音麦、恩田友行、原田泰子《かなこ》。終電を逃し、改札前で一期一会の縁を得た四人は、友行の提案で始発まで一緒に時間をつぶそうということになったのだった。絹と麦はコーヒーを注文し、友行と泰子はビールを飲んでいた。

「明日お休みなんですか?」

泰子がハンドクリームを手に塗りながら友行に聞いた。(この人、座ってすぐハンドクリーム塗ってる)と思って麦は見ていた。

「昼過ぎに行けばいいんで」

友行は答えながら、目の前に出されていた不織布の使い捨ておしぼりの袋を破り、手を拭いた。泰子もおしぼりで手を拭く。(え、ハンドクリーム塗ったばかりなのに、もうおしぼりで拭いてる)と、麦はコーヒーを飲みながら見ていた。

「お仕事って?」

「出版系です」

友行と泰子は社会人らしい会話を淡々と続けている。絹は会話に加わる気もないそぶりでソファの背にもたれていた。

麦は（おしぼり……何で誰もツッコまないの？）と思いつつ、ふと泰子の斜め後ろの席にいる二人連れの客が目に入った。その片割れ、ニット帽を目深にかぶったおじさんの顔を見て、麦は「あ……」と声が出た。まさかの有名人がそこにいた。

友行と泰子が麦の視線に気づいて振り返ろうとする。

「見ちゃ駄目です」

麦は小声で二人を制した。

「あっちの席に神がいます」

二人連れの方を見ないように目を伏せ、両手で顔を覆いながら麦はそう言った。友行と泰子は気づかれないように横目で盗み見るが、麦の言ってる意味が分からない。

「神？」

泰子の声が大きかったので、麦はシッと指を立てた。

「犬が好きな人ですよ。あと、立ち食い蕎麦」

名前を出さないように麦はヒントを出したが、友行と泰子には通じない。

やりとりを聞いていた絹は、ニット帽のおじさんの顔を確認してハッと息を呑んだ。麦は友行への説明に必死で、絹がソワソワし始めたことに気づかなかった。

「有名な人なの？」

「え、映画とか観ないんですか？」

映画好きなら絶対知っている巨匠がそこにいるのだ。

「観るよ。結構マニアックって言われるけどね」

ドヤ顔でそう言う友行に麦はそれ以上聞く気にならなかったが、泰子が食いついた。

「どんな映画？」

「『ショーシャンクの空に』っていうのとか」

「あ、聞いたことある」

「あれメッチャ泣けんだよ」

「メッチャ泣けんの？　……わたしね、去年観た中だと、『魔女の宅急便』」

友行と泰子が二人で盛り上がっている。

麦が（『魔女の宅急便』はもちろん傑作ですけど、去年まで観たことなかったんですか？）と口をはさもうとしたら、二人の会話は意外な方向へ続いた。

「朝ドラの子役の子が出てたやつ？」

「そう！」

「俺も観たぁ！」

大声で盛り上がる二人を前に、麦は聞こえないほどの小声で「え、実写の方？」と呟くだけだった。

（なぜ、神を前にした今、実写版『魔女の宅急便』の話をしているのか。あなたたちか、この世に数々の実写版を生み出しているのは）

沸き上がる怒りの感情をぐっと嚙み殺している麦の横顔を、絹がじっと見ていたことに、麦はまだ気づいていなかった。


始発まで一緒に、という話だったのに、友行と泰子は二人でタクシーに乗って帰ろうと意気投合していた。麦も絹も彼らとずっと一緒にいたいとは思わなかったので異存はない。大人の二人がこの後どうなるのかも興味はない。

社会人組がタクシーに乗り込むのを見送った後、麦と絹は学生らしく徒歩で帰ることにした。

同じ終電を逃したのだから大体同じ方向に帰ることは分かっていたが、二人で長距離を一緒に歩くのも気まずいので、絹は友達の家に泊まると言って駅前で別れた。

別々の方向に歩き出して、絹は気になって振り返った。麦はもつれたイヤホンを解きながらトボトボ歩いている。チェックのコートにリュックを背負い、肩を落とした麦の背中を見ていて、絹は思った。

(礼儀として、ひと言伝えておくべきか)

絹は走って麦を追いかけた。両手のトイレットペーパーが揺れる。

(わたしだって、いたく興奮していたのだ)

麦を追い抜き、彼の前に回り込んで、絹は言った。

「押井守《おしいまもる》いましたね」

あのニット帽のおじさんはアニメ界の巨匠、押井守だった。『GHOST IN THE SHELL 攻殻機動隊』の、『機動警察パトレイバー』の、『うる星やつら』の、『イノセンス』の、『スカイ・クロラ』の、犬好きの、立ち食い蕎麦にうるさい、押井守だった。

麦は驚いていた。

「え?」

「さっき押井守いましたね」

「ご存じ、なんですか?」

「好き嫌いは別として、押井守を認知していることは広く一般常識であるべきです」

絹がきっぱり断言すると、麦は顔をほころばせて頷いた。

「はい、世界水準です」

「はい」

絹もにっこり笑った。

二人はそのまま、同じ方向に歩いた。

「あ、あと……」

麦が言おうとした言葉を絹が先に継ぐ。

「あと、ハンドクリーム」

「そう、あの人ハンドクリーム塗ったばかりなのに」

「おしぼりで手拭いてましたよね」

絹は全部見ていた。

「ですよね」

麦は嬉しくて興奮して、夢中で話していて路駐してある自転車に身体をぶつけた。

二人で笑った。

きっかけは、押井守だった。

7

始発まで二人で飲もうということになって、駅前の朝までやってるチェーン居酒屋に入った。入り口で靴を脱ぐ形式の店だった。

「飛田給なんですか」

「調布はいつも乗り換えで降りてます」

「じゃ、すれ違ってたかもしれませんね」

そんな話をしながら靴を脱いだ。絹の靴を麦が下駄箱に入れてあげようとして、気づいた。絹の靴と自分の靴を両手に持って見比べる麦。同じコンバースの白のジャックパーセルだった。絹も気づいて、二人で顔を見合わせ照れくさく微笑した。

座敷席は客もまばらだ。二人は座卓に向かい合って座り、ハイボールを二つ頼んだ。

「八谷絹です」

絹がグラスを両手で持ってお辞儀する。麦はグラスを置き、お辞儀を返した。正面から見ると絹の瞳がキラキラ眩しく、思わずうつむいたままになってしまう。

「好きな言葉は替え玉無料です」

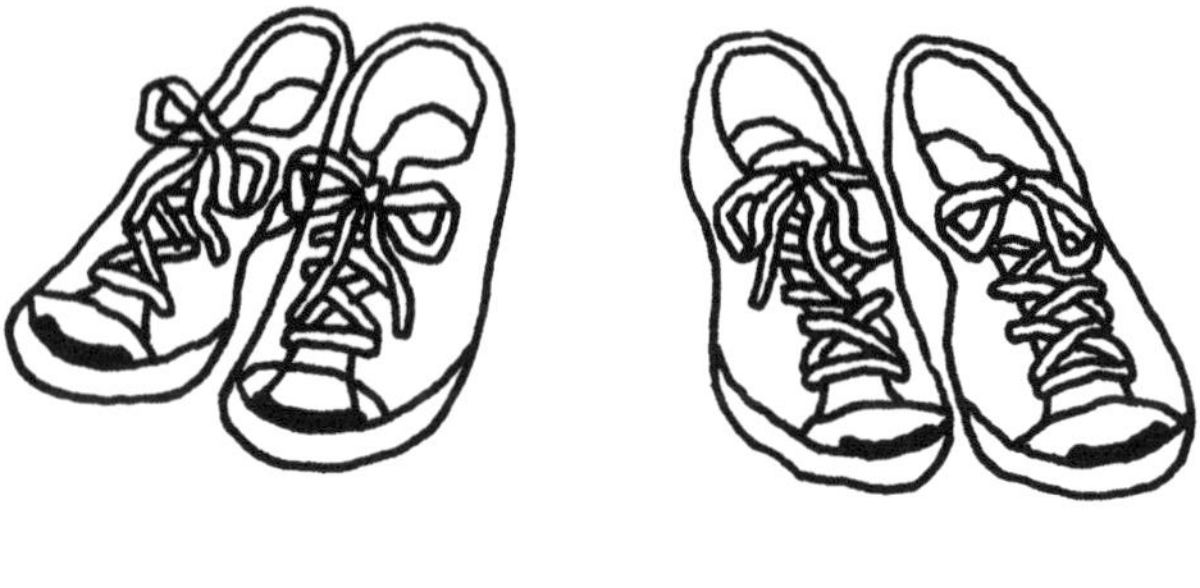

絹がそう付け加えた。笑うところなのか分からず麦はリアクションに困る。

「山音麦です」

麦は脳内で突然の大喜利問題の答えを必死に探す。

「好きな言葉は、バールのようなもの……です」

あまり気の利いた返しじゃなかったかもしれない。「はい」と麦はハイボールのグラスを片手で差し出し、絹がチンと軽くグラスを合わせた。

「あーっ……」

グビッとあおるハイボール。今日イチ美味い酒に、麦が板張りの床に手をつきふんぞり返ると、絹はテーブルに肘をついて麦の方へ身を乗り出し、「美味しい……」と吐き出すように言って笑った。


麦はテーブルの上にある自分のもつれたイヤホンをつまみ上げた。

「これ、すぐこうなりますよね」

「ですよね」

絹も自分のスマホに付けてある、からまったイヤホンを見せた。その流れで、聴いている音楽の話になった。

「ceroの髙城さんが阿佐ヶ谷でやってる店……」

「Rojiですか。行ったことあります。でも、いても声かけられないですよね」

「わたしの知り合いは髙城さんとお話ししてファンになって、次の日、大黒屋でゆずのクオカード全部売ってました」

「へー」

などと話をしているうちにグラスが空になる。麦が店員を呼び、ハイボールのおかわりを二つ頼んだ。


二杯目を飲みながら、今度は本の話になる。二人とも読みかけの本を持ち歩いていたので、見せ合うことにした。互いに自分のリュックから文庫本を出して、賞状の授与式みたいにうやうやしく差し出し交換する。

書店カバーがかかった麦の本を手に取り、絹はわくわくしながら表紙を開いた。麦は絹の本を開いて「ああー」と声を上げた。

「わたしも穂村弘、大体読んでます」

「僕も長嶋有はほぼほぼ。まあ、お金ないから文庫待ってからですけど」

「わたしも図書館とか」

「あと好きな作家って?」

「全然普通ですよ。いしいしんじ、堀江敏幸、柴崎友香、小山田浩子、今村夏子、円城塔、もちろん小川洋子、多和田葉子、舞城王太郎、佐藤亜紀」

絹が一気にまくし立てる作家名を、麦は完全同意の表情でうんうんと深く頷きながら聞いていた。

麦が絹の本に挟んであった映画館のチケットの半券を見つけ「あ、八谷さんも」と言ってそれを手にすると、同時に絹も麦の本から半券を取り出した。

「山音さんも、映画の半券、栞にするタイプですか」

「映画の半券、栞にするタイプです」

そこからは映画や演劇やお笑いライブの話。これも止まらずハイボールが進む。酔った二人は横の壁に背をもたれさせながら話した。

「ルミネで天竺鼠のワンマンがあったんですけど」

「はいはいはい」

「チケット取ってたんですけど、行けなくて」

「僕もです」

二人は財布からチケットを出して見せあった。信じられず、交換して相手のチケットを確かめる。

「わあ本当だ……。あ、じゃあこれ、行ってたらそこで会ってたかもしれないですね」

「そうですね。あ、でも……もし行ってたら、今日は会ってなかったかもしれないですね」

「ですね。じゃあ、これは今日ここで会うためのチケットだったたってことですね」

そう言って麦はちょっとクサかったかなと思った。絹が「あー」と麦の方を見る。真顔で目と目が合い、気まずい空気が流れた。沈黙に耐えられず、麦が「粋な夜電波って……」と言いかけるのと、絹が「あ、ちょっと……」と言いかけるのがかぶった。

絹が麦の質問の方に答える。

「菊地成孔さんの？」

「はい」

「もちろん聴いてます」

「ごめんなさい。今何か言おうとしましたよね」

「あ、お手洗い行ってきます」

絹は照れ笑いしながら席を立った。麦がトイレの場所を説明する。

廊下の方へ歩いていく絹は、麦が笑顔で自分の後ろ姿を見つめていることを知らない。

絹が下駄箱に二足並んだジャックパーセルを横目で見て、片方の口角を少し上げたことを、麦は知らなかった。

トイレから戻ってきた絹は、麦の側に並んで壁にもたれた。

「一時期ガスタンクにはまってて。都内だと、高島平とか芦花公園、千歳烏山、南千住……いろいろあって」

麦が撮ったガスタンクのスマホ画像を、絹は隣で肩を寄せて覗き込んだ。確かにガスタンクばかりたくさん。同じように見えて一つ一つ個性があるらしい。絹は「へえー」と感心して聞いていた。

「動画も撮ってたこともあって。それ編集して……」

「映画ですか」

「いやいやいや……」

自嘲して手を振り否定する麦に、絹が単刀直入に言う。

「見たいです」

「いやいや、三時間二十一分ありますよ。『ロード・オブ・ザ・リング　王の帰還』と同じ長さで、ずーっとガスタンク」

「いや見たいです見たいです。ホビットより興味あります」

「えー？　じゃあ今から見に来ます？」

「行きます行きます」

あっさりと話が決まってしまった。いやマジか、と麦が絹の表情を伺おうとした時、彼女のスマホが鳴った。どうぞ電話に出てくださいと麦がジェスチャーで促し、絹は席を立った。

絹が電話をしに廊下の方へ出ていったのと入れ替わるようにして、三人連れの客が入ってきた。

「あ、いた。山音くんいた。何で？」

大きな声で言われて「え」と麦は驚いた。三人組の一人は卯内さんだった。

「何で？　何でここにいるの」と、卯内さんが麦の前に来て座る。そう言いたいのは麦の方だったが。

「いや、俺カラオケ行ったんすけど、卯内さん、お月様の形が不吉だから来ないって……」

しどろもどろに説明した。

「えー何それ？　そんなの嘘ウソ、何で何で。……誰かと一緒？」

卯内さんが麦のテーブルを見て聞いた。麦は「ああ、うん」と頷きつつ入り口の方を見るが、絹の姿はなかった。

「一緒に飲もうよ。いいでしょ。いいよね」

卯内さんがそう言って一緒に来た二人、カップルらしき男女の方へ振り返る。男の方が「飲みましょ飲みましょ」と手招きした。卯内さんに強引に手を引かれ、麦は彼らの方へ拉致されていった。

8

絹にかかってきた電話は母からだった。二日連続の朝帰りを咎められ、女友達と一緒にいると誤魔化す。嫌な気分で電話を切った。

母のせいじゃない。麦のせいだった。廊下へ出てくる時、入れ違いに入ってきた女子に「山音くん」と声をかけられ嬉しそうに話している麦の顔をしっかり見ていた。どうせ男はみんなああいうキラキラ系女子が好きなんだと思った。

席へ戻ると麦はいない。卯内さんたちのテーブルで談笑していた麦が、絹に気づいて膝立ちでこそこそとにじり寄ってきた。

「あ、すぐにこっち戻ってくるんで……」

すまなそうに言う麦に、絹が冷たく返す。

「友達んち泊めてくれるって、今連絡あって」

絹は伝票を見て、財布から二千二百円出してテーブルの上に置いた。リュックとトイレットペーパー二パックを持って、そそくさと立ち上がる絹の顔を、麦が(何を怒ってるの）という顔で見上げたが、絹は麦の顔を見ていなかった。

「ごめんなさい、先に出ます」

完全にふてくされたような言い方になってしまった。

「失礼します」

卯内さんたちのテーブルにも笑顔で挨拶して、絹は出ていった。


突然の女子の豹変に引き止める言葉も出てこなかった。去っていく絹を麦が呆然と見送っていると、「麦くん麦くん」と卯内さんが呼ぶ。

「麦くんとさ、一回ちゃんと話したかったんだよね」

酔った卯内さんの甘えるような声で、上目遣いでそう言われると、抗い難い破壊力があった。

ついに自分も空を飛ぶ時が来たのかもしれないと麦は思った。でも、いったいどっちの方角へ飛ぶんだ……。


居酒屋を出た絹は、架空の「友達んち」に向かって夜道を歩いた。

（わたし何を怒ってるんだろう）と絹も思う。今日会ったばかりの知らない人に何で、とは思うけど、現に怒ってしまっている気持ちはどうしようもない。

彼に対して怒っているのではない。自分に対して怒っているのだ。（だから私は大体ひそやかに生きていて、興奮することなんてそうそうあるもんじゃない）と悟っているつもりなのに、すぐに何かを期待してしまう自分に対して。

井の頭線をまたぐ歩道橋の上を、もつれたイヤホンが解けずイライラしながら歩いていると、後ろからバタバタと足音が近づいてくる。ジャックパーセルの靴底の音みたいだ。彼かなと思ったし、彼だろうなと思うけど、もう何も期待はしない。絹は振り返らずそのまま歩いた。

「すいません。すいませんあの……」

追いかけてきたのはやっぱり麦だった。

「足りなかったですか」

絹はポケットから財布を出そうとした。麦は無言で絹のトイレットペーパーを一袋取り上げて抱えた。

「帰り道、こっちなんで」

そう言って絹と並んで歩く。

「友達んち近くなんで」

絹がトイレットペーパーを奪い返そうとするが、麦は放さない。

「いや、それ普通に嘘だってわかります」

「いやいやいや、ふざけんなし」

「いやいやいやいや」

「いやいやいやいやいや……」

言い合いながらトイレットペーパーを引っ張り合っていたら、チリンチリンと猛スピードで自転車が来る。麦が絹をかばうようにして、工事現場の仮囲いに身を押しつけ避けた。

麦はすぐに身を離し、押し黙ってトイレットペーパーを抱えている。

絹はもう最低の朝帰りはしたくなかった。期待ではなく、ただお願いとして言った。

「……山音さん、わたし、カラオケ屋さんに見えるカラオケ屋さんに行きたいです」

弱く呟くように言う絹の顔を見ている時、麦の脳裏から卯内さんの顔はもう消えていた。

9

カラオケ屋さんに見えるカラオケ屋さんで、絹はきのこ帝国の「クロノスタシス」を歌った。

コンビニエンスストアで
350mlの缶ビール買って
きみと夜の散歩
時計の針は0時を差してる

「〃クロノスタシス〃って知ってる?」と絹が麦の方を見ると、「知らないときみが言う」と麦が続きを歌う。「時計の針が止まって見える現象のことだよ」と二人ユニゾンで歌った。

LaLaLa HaHa Wow Wow……

BEE
BEE

二人は歌の歌詞と同じように、コンビニで350mlの缶ビールを買って飲みながら帰った。

「クロノスタシスって知ってる?」

「知らな〜い」

「時計見たらたまたま誕生日と同じ数字で、あ、って思う現象の〜ことだよ〜」

歌うように話した。絹はすっかり上機嫌になっていて、麦もそれが嬉しくて、イェ〜イと二人で乾杯して笑った。甲州街道沿いをトイレットペーパーを一袋ずつ抱えて歩いていく。歩きながら今村夏子の本の話をした。

「うん、まあ、こちらあみ子も大好きですけど」

「ピクニック!」

「あー。あれは衝撃でした」

「ですね。今村さんってその後、新作書いてないですよね」

「読みたいですよね。この間ね、電車に揺られていたら隣に座ってた人も読んでて……」

麦がそう言うのを聞いて、絹は(電車に乗っていたら、ということを彼は、電車に揺られていたら、と表現した)と思った。

明大前から調布の麦の家までの長い道のり。この夜の二人にはそれが少しも苦ではなかった。

「わたし、子供の頃からずっと理解できないことがあるんですけど」

やっと仙川あたりまで来た頃、絹が言った。

「ジャンケンって、グーが石で、チョキがハサミで、パーが紙でしょ」

麦はまさか、と思った。絹が続ける。

「紙が石に勝つわけないじゃないですか。普通に破れるでしょ」

麦は（同じことずっと考えてた人を知ってる）と思った。

10

歩き続けてついに調布駅前にたどり着き、二人してパルコの前で「ゴール！」と両手を挙げた。すると急に雨がポツポツ降り出し、どんどん本降りになってきて、トイレットペーパーを濡らさないように胸に抱きしめ、麦のアパートまでキャーキャー言いながら走った。

「どうぞどうぞ。散らかってますけど」と、麦は月五万八千円の部屋に絹を招き入れる。

「ここ置いていいですか」と絹はトイレットペーパーとずぶ濡れのリュックをキッチンの床に置いて、コートを脱ぐ。

麦がタオルを取りに行っている間、絹はキッチンの壁際にある本棚を眺めた。きちんと整理されて並んだ小説本やマンガ本の背表紙。見覚えのあるタイトルばかり。

「ほぼうちの本棚じゃん」

タオルを差し出す麦に、絹はそう言った。麦は「あは……」と嬉しそうな吐息を漏らして笑った。

約束通り、麦はまだ誰にも見せたことのない自作の「劇場版ガスタンク」をノートPCで上映し、二人並んでコタツに入って見た。麦が撮影したガスタンク映像が、アンビエントな音楽とともに映し出される。ひたすら、ガスタンクに次ぐガスタンク……。

途中、お腹が空いて麦はガスコンロに焼き魚用の網を載せ、焼きおにぎりを三個焼いた。絹は「美味しい美味しい」と感激して二個食べた。食べ終わると絹は「ちょっと、五分寝るね……」と言ってコタツの上に突っ伏し、映画のいちばんいいところで寝た。麦が背中に毛布をかけてやり、一時間経って目を覚ますと絹は「面白かったね。じゃあ帰るね」と言った。

(絶対嫌われた)と麦は思った。


絹をバス停まで送っていくと、もうバスが来ていた。麦が先に走ってバスの運転手に声をかけて待ってもらい、絹があわてて乗り込む。

「あの、今度、国立科学博物館で、ミイラ展があるんです」

乗り口に立ったまま、絹が振り返って言った。

「もし嫌じゃなかったら山音さんも一緒に……」

そこまで言った時にバスのドアが閉まった。麦はドアのガラス越しに「行きます」と口を大きく動かして答えた。

絹がほっとしたような笑顔で手を振ると、バスが発車した。遠ざかっていくバスを見送りながら、麦もほっとしていた。そして、「あ」と、手に持っていたトイレットペーパー一袋を絹に渡し忘れたことに気づいた。

11

アパートに戻って、このトイレットペーパーどうするかなと麦は考えた。（ミイラ展に行く時に持って行って渡すか。それはないか。ウチまで取りに来てよって言うか。いや、それはもっとないな。普通にもらっとけばいいのか）……と、どうでもいいようなことを悩んだ。

とりあえず部屋の隅にトイレットペーパーを置き、コタツに入る。彼女がここで寝てたんだなと思った。麦がかけてあげた毛布は絹がきちんとたたんで、そこに置いてある。さっきまでこの部屋に彼女がいた。夢じゃないけど現実とも思えない気がした。

徹夜明けの脳はまだ興奮している。麦はスケッチブックを開いてイラストを描き始めた。昨夜は描けなかった、昨日の出来事。朝ご飯を食べるのも忘れて一気に仕上げた。日付とサインを入れて完成だ。描いたのは、本棚を眺めている絹と麦の後ろ姿だった。「ほぼうちの本棚じゃん」と絹が言った、昨夜のあの決定的瞬間。

じっと絵を見る。出来がいいかどうかはわからないけど、今まで描いた絵の中でいちばん好きだと麦は思った。

2015.1.16
MUGI

最低の朝帰りがあるなら、最高の朝帰りというものもあるのだろう。飛田給でバスを降りた絹は、今日がそれだと思った。トイレットペーパーを抱え、人の流れに逆行して歩く気分は、昨日とはまったく違う。もうすっかり高くなっている太陽の眩しささえ自分の敵じゃない気がする。

しかし、家に帰れば昨日までと同じ現実が待っていた。ちょうど玄関から出てきた姉が「おかえり」と皮肉っぽい視線を絹に向けた。居間に入ると出勤前の父が「お母さん、絹ちゃんがまた朝帰りだ！」と馬鹿みたいに大きな声で嬉しそうに言う。奥から出てきた母が「あんた、こんな時間に……」と説教を始めようとする。母の言葉をさえぎるように絹はトイレットペーパーを押しつけ、階段を駆け上がった。

（もったいない。もったいない。今話しかけないで。まだ上書きしないで）

二階の自分の部屋に入ってドアをバタンと締め、カーテンも閉じて、マフラーだけ取って、コートを着たままベッドにうつ伏せに倒れ込んだ。

（まだ昨日の夜の余韻の中にいたいんだよ。こういう時に聴ける音楽があればいいのに……）

目を閉じて、耳を塞いで、昨夜の記憶を反芻する。

（調布駅から徒歩八分にある彼のアパートには、旅行する予定もない国々の『地球の歩き方』が置いてあって……）

絹が「ほぼうちの本棚じゃん」と言った、あの時間に戻っていく。麦の本棚には『地球の歩き方』シリーズが並んだ一角があった。アメリカ西海岸、メキシコ、ペルー、インド、中東……。聞くと、麦はまだどこにも行ったことがないのだと笑った。

本棚の前にあったスケッチブックを手に取り開くと、麦が「あ、それ見なくていい！」と飛んできた。

「これ山音さんが描いたの？」

「ええ、まあ……それを仕事にできたらなって思ってて」

絹が黙って絵に見入っていると、麦はあせって言った。

「あ、笑うところですよ今の。笑うところ……」

東京都現代美術館の前に立つリュックを背負った青年。

雨の中、野良猫に傘を差し出し頭をなでている青年。

中古レコード店で、段ボール箱に並んだレコードを掘っている青年。

どれも麦の自画像だった。

絹はまっすぐ麦の目を見て言った。

MOT
MUSEUM OF CONTEMPORARY ART
TOKYO
2014.12.2
MUGI

「わたし、山音さんの絵好きです」

昨夜のあの時間を絹はずっと忘れないと思う。

(細い雨が街灯のオレンジで切り取られて降り注いでいた。雨の音を聞きながら彼の描いた絵を見ていたら、彼はすごく照れて、風邪ひきますよと言って、ユニットバスからドライヤーを持ってきた。コンセントがぎり届いて、わたしの濡れた髪を乾かしはじめた。何かがはじまる予感がして、心臓が鳴ったけど、ドライヤーの音が消してくれた)


麦も思い出していた。彼女の濡れた黒髪をドライヤーで乾かした、あの永遠のような時間を。あの時、こう思っていた。

(わたし、山音さんの絵好きですって言われた。わたし、山音さんの絵好きですって言われた。わたし、山音さんの絵好きですって言われた……)

ずっと頭の中でそう繰り返していた。今もだ。

(わたし、山音さんの絵好きですって言われた)

そう思いながら、麦は眠った。数時間前には絹が寝ていたコタツの同じところに突っ伏して。目の前に開いたノートPCの画面には、国立科学博物館の「ミイラ展」のサイトが表示されていた。

12

「お待たせしました」

走ってきた麦は息をはずませながら頭を下げた。

国立科学博物館の入り口の前に立っていた絹は、インディゴブルーのショート丈のダッフルを着ていた。

麦はブルーデニムのカバーオール。足元は今日もお揃いの白のジャックパーセル。インナーには二人ともグレーのパーカを着ていて、なぜか色違いのＪＡＸＡのトートバッグまで二人して持っている。まんまペアルックだ。

「行きましょ」とミイラ展の会場へ入っていく絹。麦は照れくさくなって、少し距離を空けて彼女に続いた。


博物館を出た後は二人でファミレスに入った。ファミレスはテーブルが大きいのがいい。

絹がミイラ展の図録を開いて、二人で見た。

「最高でしたね」

ミイラ
展
JAXA
Mummy

一体のミイラの顔がアップになった写真に、フフフと嬉しそうに笑う絹。

「いやもう感想も出ないっていうか……」

ミイラへの感想よりも、ミイラで笑う絹への感想が何と言ってよいのかわからない麦だった。

「ご注文お決まりですか」

クールな目つきをした茶髪の若い女性店員がオーダーを取りにきた。絹はあわててミイラの図録を閉じ、麦がドリンクバーを二つ注文した。

休日の夜、ファミレスの客がまばらになる頃まで二人はドリンクバーで居座り、とりとめのない話を続けた。

「そうそう、隣の家があるんですけど、そこに住んでる方が村上龍さんそっくりで、その妻が小池栄子さんそっくりなんです」

「え、その家、カンブリア宮殿じゃないですか」

二人の笑い声が静かな店内に響く。周りの客がみんな帰ったことに気づいた麦はスマホで時刻を確かめた。

「そろそろ帰りますか」

「はい」

二人で立ち上がり、上着を着ながら絹が「あ、そういえば」と言う。

「ゴールデンカムイって読みました？」

「やばかったです、読みました」

答えながら座る麦。二人ともまた上着を脱いで話し込む。

それで結局、ほしよりことかヴェイパーウェイヴとか劇団ままごとの『わたしの星』の話になって。

ドリンクバーを三往復して、気がついたらまた終電の時間が来て。

京王線の終電で二人は帰った。混んだ車内で二人の身体が密着する。だけど何もないまま麦が調布で降り、絹は一人で飛田給まで乗っていく。

（友達だと思ってるのかな）と絹は思う。

（話が合うからってだけなのかな）と麦は思う。


次の週末には植物公園に出かけた。公園内に出店しているフードトラックでクレープラップサンドを食べて、二人でまたマンガや小説や音楽や演劇の話をいっぱいして、麦は調布に、絹は飛田給に帰った。

アパートに帰って布団の上で、麦はスマホ画像でクレープラップサンド越しに写った絹の顔を見て思う。

（三回ご飯食べて告白しなかったら、ただの友達になってしまうよって説あるし。好きかどうかが、会ってない時に考えてる時間の長さで決まるなら、間違いなくそうで）

自分の部屋のベッドの上で、麦がクレープラップサンドを食べている画像を見て絹は思う。

（お店の人に感じいいなとか、歩幅合わせてくれるなとか、ポイントカードだったらもうとっくに溜まってって）

絹は麦にＬＩＮＥした。

「今日は楽しかったですね。今週何曜日空いてますか？」

麦は速攻で返信して、次の金曜日に麦がお気に入りのガスタンク鑑賞スポットに案内することになった。

（次は絶対告白しよう）と絹は思った。

（終電までに告白しよう）と麦は決めた。

13

二人で高島平に行った。新河岸川の川沿い、周辺の四角い団地群に威容を誇るように、巨大な薄緑色の球体が三つ並んでいる。

「うわー、これ想像以上ですね、わたし舐めてました」

絶景スポットの徳丸橋の上を走る絹。ガードレールから身を乗り出してガスタンク三兄弟を眺める。

麦は彼女の背後でスマホを構えた。

「ガール・ミーツ・ガスタンク」

そう言って夕暮れ時のガスタンクを見つめる絹の後ろ姿を撮ろうとしたら、彼女が振り向いた。ガスタンクを背に、こっちを見つめる絹のつぶらな瞳。

「やば。いい写真撮れた」

撮れた画像を見せると、今度は絹がスマホを構え、麦を撮る。麦はピースしておどけた。

（終電まで残り八時間）と絹は思った。

（ここから雰囲気を変えていこ）と麦は思った。

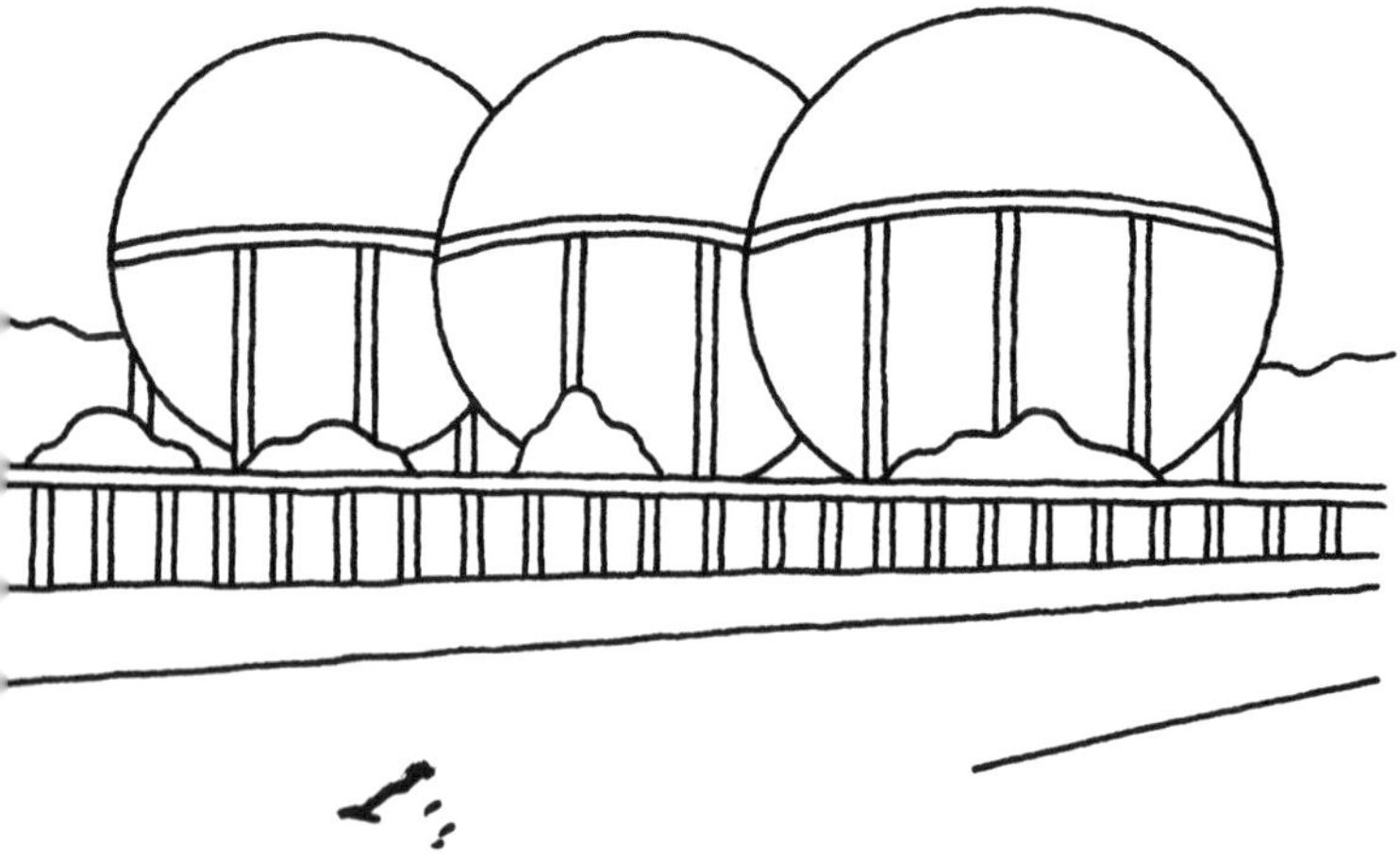

この間と同じファミレスに行った。パスタを食べながら、麦は持ってきていた名画座の上映予定表を見せた。

「早稲田松竹のラインナップには期待しかないですね」

「ですよね、あと下高井戸シネマ」

次々とチラシを取り出し見せる麦。

(何でそういう話になってしまうかな)と絹は思う。

(終電まで残り三時間)と麦はあせる。

しかし、ドリンクバーのおかわりを二人で取りに行って、麦が振った話題はというと……。

「食パンは五枚切りと六枚切り、どっち派ですか」

(ダメダメ、そっち行ったらダメ)と麦は後悔する。

(残り二時間)と絹はあせる。

どうすれば告白タイムの雰囲気に持っていけるのか、麦も絹もわからなかった。いったい世間のカップルはどうやって付き合い始めているのか。思いとは裏腹な話題で時間ばかりが過ぎていく。

そんな二人に、この間のクールな瞳の店員が、「あの……」と声をかけてきた。「これ、よかったら」と彼女がテーブルの上に差し出したのは、バンドのフライヤーだった。Awesome City Clubというバンドのボーカルとしてフライヤーの写真に収まっているのは、店員の彼女だった。麦が驚く。

「ほんとだ、同じ人だ。バンドやってたんですね」

「まだ全然、デビューしたばっかりで。よかったらYouTubeとかにあるんで」

「聴きます聴きます」

と、スマホでYouTubeを開いた麦は、これはチャンスではと思った。

「あの、何かロマンチック的な感じのものとか……」

麦がそう言うのを聞いて、絹も察した。

「いわゆるラブソング的な系……的なこう……ね」

「ああ、ありますあります」

彼女オススメの「Lesson」という曲を二人は聴くことにした。麦のスマホに挿したイヤホンを左右片耳ずつ分けて聴く。

かっこいいイントロが流れてきて、麦は（よし、行ける）と思った。絹は（残り一時間）と麦の目を見つめた。

その時、「君ら」という声がした。隣のテーブルで一人でノートPCを開いて、携帯用じゃない大きなヘッドホンで何か聴いていたおじさんが、二人に話しかけてきた。

「君ら、音楽、好きじゃないな」

急にそう言われた麦と絹はエッとなる。

「イヤホンで聴いたら、LとRで鳴ってる音は違うの」

怒られたみたいで、二人はイヤホンを耳から外す。

「ごめんね、レコーディングのミックスの技術というのはね……」

ヘッドホンおじさんはプロのレコーディング・エンジニアだった。そこから一時間強、ミキシングの技術について、二人はおじさんの語りを延々聞かされることになった。


ひとしきり語っておじさんが満足そうに帰っていくと、残された二人はぐったりとファミレスの椅子にもたれた。

「そろそろ終電ですね」

「そうですね」

無得点で惨敗したチームの選手みたいに二人でうなだれ、帰り支度を始めていたら、見慣れない男の店員が来て、「お待たせしました。ショコラパフェおひとつ」と、二人の真ん中に大きなパフェをひとつ置いた。

「え、注文してないです」

麦が言うと、店員はあたふたと伝票を確かめる。

「……あ、やっちゃった。すいません、伝票違ってました」

いかにも慣れてない感じの店員がパフェを下げようとすると、麦が「あっ」と手を出した。

「もしよかったらこれ……」

麦が言うと、絹も店員に笑顔を向ける。

「食べます食べます」

店員は「ありがとうございます！」と、平身低頭でパフェを置いて下がっていった。

降ってわいたようなロスタイム延長。

二人はスマホのカメラをパフェに向けた。パフェ越しに、お互いの画面に相手の顔が映っている。

「八谷さん」

麦は画面の絹に向かって呼びかけた。

「はい」

絹は画面の麦に向かって答えた。

「僕と付き合ってくれませんか」

麦は画面の絹に告白した。

「はい。ぜひ」

絹は顔を上げ、目の前の麦をしっかり見て、そう答えた。

麦も絹と目を合わせて微笑んだ。

今夜のMVPは、ドジな店員だった。


麦は飛田給まで絹と一緒に終電に乗って行った。家の近くまで絹を送って、そこから歩いて調布まで帰ることにした。

人気《ひとけ》のない深夜の道。信号のところで絹が「ここでいいです」と言ったが、麦は「じゃあそこの明るいところまで」と一緒に横断歩道を渡った。

渡りながら絹が唐突に「個人的に白いデニムは苦手です」と言った。

「はい?」

「付き合ってる人がホワイトデニム穿いてたら、ちょっとだけ好きじゃなくなります」

「わかりました。ホワイトデニムは穿きません」

「山音さんも、これはってのがあったら」

横断歩道を渡りきったところで絹が聞いて、麦は考える。

「ああ……UNOで、はい今UNOって言わなかったから二枚取ってー、って言う人。苦手です」

「わかりました。それだけは言いません」

そこで会話は終了。

「じゃあ」

「おやすみなさい」

回れ右して帰ろうとする麦を「赤です！」と絹が叫んで止めた。車が麦の眼前を通り過ぎる。

渡ってきた横断歩道の歩行者信号はもう赤に変わってしまっている。絹は麦の隣に立って、青になるまで一緒に待った。

信号はなかなか変わらない。寄り添った二人の手が触れ合い、どちらからともなく握った。顔を見合わせ、向き合い、キスをした。

キスしている間も信号は赤のままだった。

押ボタン式

（信号まだ変わらないな）と麦は思った。

（押しボタン式だから）と絹は知っていた。

麦もようやく気づいて（サンキュー押しボタン式信号）と思った。

キスした後で絹が言った。

「あ、あと、こういうコミュニケーションは頻繁にしたい方です」

「はい」

麦が絹を引き寄せ、二人はもう一度唇を重ねた。

押しボタンはずっと押さなかった。

14

付き合い始めて一週間の間に二人は原美術館に行って、人形町で牡蠣フライを食べて、漫画家のタムくんに似顔絵を描いてもらった。並んだ麦と絹をマムアンちゃんが見上げているタムくんの絵は、麦の部屋の壁際のいちばんいいところに飾ってある。

三月のすごく風の強い夜だった。麦の部屋のコタツの上のノートPC劇場でつまらない映画を二人で見て、ひどくつまらなくて途中でやめて寝た。はじめて寝た。つまりセックスした。絹が漏らす声を風の音が消してくれた。

絹は三日続けて麦の部屋に泊まった。大学を休んで、就職説明会にも行かず、大体は麦とベッドにいて、何回もした。

麦はキッチンを見て（ここでもした）と思い、コタツを見て（ここでもした）と思い、三日目に冷蔵庫が空になって近くのカフェへパンケーキを食べに行き、（パンケーキ食べてるけど、した後の二人）と思った。

四日目には二人ともバイトがあったので、絹は家に帰った。

家に戻った絹がいつものようにスマホを見ながら朝食のトーストを食べていた時のことだ。ネットニュースに驚き、トーストを手から落とした。落ちたパンはバターの面が床についたが、そんなことはどうでもいいほど絹は衝撃を受けていた。

絹は何年も前から「恋愛生存率」というタイトルのブログの愛読者だった。その筆者である「めい」さんが自ら命を絶ったという記事だった。

(この人はわたしに話しかけてくれている)

絹にとってそう思える存在だった。彼女が書くテーマはいつも同じだった。

(はじまりはおわりのはじまり)

出会いは常に別れを内在し、恋愛はパーティーのようにいつか終わる。だから恋する者たちは好きなものを持ち寄ってテーブルを挟み、お喋りをし、その切なさを楽しむしかないのだ、と。

そんなめいさんが、今恋をしている、この恋を一夜のパーティーにするつもりはないと書いていたのが一年前。

(数パーセントに満たない生存率の恋愛をわたしは生き残る。冗談めかしてそう綴っためいさんが死んだ)

ただ好きだった作家が亡くなった哀しみや喪失感というのとは違う、絹は自分にもよくわからない心の中の小さな穴が開いたような気がした。

翌週、麦と絹は静岡に日帰り旅行に出かけた。静岡ローカルの人気チェーン店「炭焼きレストランさわやか」の、げんこつハンバーグを食べたいと絹が言ったからだ。お昼過ぎに静岡駅に着いて、海岸まで行って散歩した。

旅の記念写真はいつものスマホではなく、「写ルンです」でフィルムに撮った。新潟生まれの麦は「日本海と太平洋は違うな」と遠くの水平線を見つめている。その横顔を絹が見つめる。

楽しいはずの旅の間にも、絹の心にポツンと開く小さな穴。ふとした時に、めいさんのことを想ってしまう。

(恋の死を見たんだろうか。その死に殉ずることにしたんだろうか。どれも想像にしか過ぎないし……)

うつむいて足元に目をやる。打ち寄せる波に濡れる自分のジャックパーセルの爪先を、写ルンですで撮った。

顔を上げると、麦の姿がない。辺りを見回しても、誰もいない。季節外れの広い砂浜のどこにも麦の姿は見つからなかった。

「麦くん？　……麦くん！　麦くーん！」

不安になった絹は大声で麦の名を呼んだ。すると、松林の向こうから、「絹ちゃん見てー」と、のんきな声で麦が駆けてくる。両手にプラスチックの丼を持っていた。

「しらす丼買ってきた。時間ギリギリだったんだよ。間に合った。見て、めちゃくちゃ美味しそうじゃない」

褒めて褒めて、という感じで言う麦に絹は怒った。

「勝手にいなくならないでよ」

「ごめん」

謝りながらも麦は少しも悪びれていなかった。「あそこで食べよ」と笑っている。

海沿いの公園のベンチでしらす丼を食べた後、砂浜に置かれた廃船の陰に風を避けて腰を下ろし、沈んでいく夕陽を眺めた。麦が後ろから絹を抱いて、二人きりで夕陽を見つめた。絹は幸せな気持ちに包まれながら、またまめいさんのことを想う。

（そこに自分の恋を重ねるつもりはない。ただ、わたしたちのパーティーは今最高の盛り上がりの中ではじまったというだけだ）


日が暮れて「さわやか」の店舗に着くと、長蛇の列ができていた。二人は列に並んで待

ったが、まだ店内の待ち客用の椅子に座れる順番にもほど遠い。人気店を舐めてはいけなかった。

「絹ちゃん、そろそろ行かないと新幹線、間に合わないかも」

麦が帰りの切符を見て言った。

「うん、また今度来ようか」

メニュー表に載っている肉汁たっぷりのげんこつハンバークの写真をうらめしく眺めて、二人は店を後にした。

絹はすっかり麦の部屋に入り浸りになり、半同棲状態になっていた。絹がプリントした静岡旅行の写真を整理している間に、麦がナポリタンを炒めて、「できたよ」とコタツの上に皿を並べる。

万年床の上に絹が並べた写真の一枚を手にとって、麦が聞いた。

「この花ってよく見るけど、何て花?」

「マ……」

言いかけて絹はやめた。

「うん?」

「女の子に花の名前を教わると、男の子はその花を見るたびに一生その子のこと思い出しちゃうんだって」

(めいさんがそう言ってた)

「え、何それ。じゃあ教えてよ」

「どうかなあ」

絹はふざけた口調で言って、台所の方へ逃げた。ちょっとちょっと、と麦が追いかける。

麦が見ていたのは、白いマーガレットの花のそばに寝転がった、絹と麦の写真だった。

15

付き合って数ヶ月が過ぎ初夏になる頃、麦の先輩がやっている写真展に二人で出かけた。「青木海人《かいと》写真展」というポスターが貼られたギャラリーに入ると、風景でも人物でもない抽象的なアート系写真が並んでいる。どう見てよいのやら謎だと思いつつ神妙な顔で眺めていたら、奥の方から「麦！」と呼ばれた。先輩や麦の友達、関係者一同が立食しているテーブルに二人も招かれ、麦が絹を紹介した。

「絹ちゃんです」

初めて麦の友人知人に会う絹は、硬い笑顔で「初めまして」と会釈した。

「え、関係は？」

「彼女です」

麦が即答し、絹は公式彼女デビューとなった。「おー」という歓声。さっき麦を呼んだ男が「やったな」というふうに麦の肩を叩く。

正面にいる黒いハットに黒いタンクトップで無精髭の男性が「作品どう？」と聞いてきたので（この人が青木海人さんか）と絹は察し、「すごく素敵です」と答えた。海人先輩の隣には黒髪ロングストレートの女性がいて、二人の肩には西洋の神話の怪物みたいな絵の、お揃いのタトゥーがあった。

見回すと、海人先輩も後輩の男子二人も、みんな黒いハットをかぶっている。タトゥーの彼女が絹に話しかけてきた。

「ほんとはさ、何でこの人たちみんな黒いハットかぶってるのかなって思ってるでしょ？」

「……若干」

「自意識強い人ほど……」

「つばが広がっていきますよね」

絹のその言葉にタトゥーの彼女は「そうそうそう」と嬉しそうに頷き、麦の肘をつつく。

「わたしこの子好き。麦くん、いい彼女できたじゃん」

こうして彼女、川岸菜那と絹は友達になった。菜那が「写真撮ってあげなよ」と言い、海人先輩が一眼レフで麦と絹のツーショットを撮ってくれた。


帰りの電車では海人先輩と菜那の話になる。

「絶対別れないっていう自信がないとお揃いのタトゥーは彫れないよね」

「あれ、絹ちゃんは自信ないの？」

「麦くんが浮気する可能性もあるしね」

「え?」

ふふふと笑う絹の横顔を見ていて、僕は君を泣かせたりしないよと麦は心で誓った。


しかし、やがて本格的な夏が来て、麦は初めて絹の涙を見る。


エアコンもなく、網戸からは風よりも蝉の声ばかりが入ってくる麦の部屋で、絹は机に向かいせっせと企業へのエントリーシートを書き込んだ。出遅れた分をとり返そうと、彼女は連日寝る間も惜しんで就活に励んでいる。麦にできることは、アイスコーヒーを淹れてあげることぐらいだ。

髪をポニーテールにまとめ黒いリクルートスーツに身を包み、いざ出陣していく絹を、麦はベランダから見送った。絹はアパートの裏手で立ち止まり、靴ずれができた踵の絆創膏を貼り直し、慣れないパンプスを履き直す。麦がガッツポーズでエールを送ると、絹も笑顔で拳を振り上げ、背筋を伸ばして歩いていった。

皆が皆、日本中の女子大生がクローンのように同じ格好をして、それでいて人事担当者からは個性を問われる。この人生の矛盾は笑えない。

そんな日々が続いたある夜、麦は一人部屋でイラストを描いていた。雑踏の中を一人で歩く自分の絵。最近は絹とデートもできない。黙々とベタ塗りをやっているとスマホが鳴った。絹からだ。

「面接どうだった？」

「うん。まあまあかな」

絹はそっけない口調だった。自分からかけてきたのに言葉少ない。

「そっか」

「麦くん、何してたの？」

「描いてたよ。海人さんが出版社の人紹介するから作品用意しとけって」

「そっか。頑張ってね。……じゃあ、おやすみ」

「おやすみ……待って。待って絹ちゃん」

絹の声の弱さが麦に引っかかった。

「うん？」

「絹ちゃん、もしかして今泣いてる？」

麦は深夜の新宿の地下街を走った。仕事帰りのサラリーマンたちの人波をすり抜け、ペタペタとサンダルの音を響かせ走った。

地下鉄の改札の前、リクルートスーツの背を柱にもたせて立つ絹がいた。麦が駆け寄ると、クスンと鼻を鳴らしてすすり泣いている。

「そんなんで電車に乗ったの?」

涙声の絹が麦の足元に目を落として苦笑した。麦は部屋着のTシャツに短パン、サンダル履きで、カバンも持たず、両手に財布とスマホを握って駆けつけてきたのだった。麦は何も言わずに絹を抱きしめた。絹は麦の肩で泣いた。

その夜、麦は初めて知った。

(彼女は連日、圧迫面接を受けていた)

麦が泣かせたわけじゃない。だけど気づいてあげられなかった。

圧迫面接と呼ばれるケースにもいろいろある。本来は、学生の本音を引き出したり臨機応変な対応力を見るため、わざと感情を揺さぶるような質問を投げかけるというのが、面接官のテクニックとして広まったものだ。しかし、実験であったとしても被験者の人権を侵害しているし、ましてや単に面接官のマウント取りだったり、いじめだったら言語道断だ。

　唐揚げと素麵を盛った皿をテーブルに置いて、麦は怒りが収まらなかった。

「こういうシステムがまかり通ってる日本は狂ってるよ」

「なんで麦くんが怒ってるの。しょうがないでしょ。わたしが不甲斐ないんだよ」

　絹は気を取り直すように、台所へ手を洗いに立った。

「絹ちゃんは不甲斐なくないよ。何その面接官」

「偉い人なんだよ」

「偉いかもしれないけど、その人はきっと今村夏子さんのピクニックを読んでも何も感じない人なんだと思うよ」

「そんな言葉、就活には無力だよ」

　絹はまた暗い顔に戻って食卓に着いた。麦が麵つゆの入ったグラスを二つ持ってきて、まだ怒っているように言う。

「就活なんかしなくていいよ。やりたくないことなんか、やんなくていいよ」

「家帰るとうるさいんだよね。うちの親、新卒で就職しない人間イコール反社会勢力だから」

「じゃ、ここ住んじゃえば？」

思いつきみたいな麦の言葉に、絹は「それね」と軽く笑って返す。

「一緒に暮らそうよ」

麦の真剣な顔を、絹はすすりかけた素麺を口にくわえたまま見つめた。

16

「絹ちゃん、絹ちゃん！」

ベランダに出た麦が興奮した声で呼んだ。絹もベランダへ行き、手すりから身を乗り出し「おー」と歓喜の声を上げた。

「おーでしょ？　おーでしょ？」

目の前に多摩川が流れている。遮るものは何もなく、川沿いの緑が一面に広がっている。二人で「おー」と叫んだ。

せっかく一緒に住むなら新居に引っ越そうということになり、麦と絹は物件探しを始めた。前のアパートより広いところなのは絶対条件だし、木造じゃない方がいいし、できれば駅近で、できれば築浅な……と希望を言い出せばきりがなく、しかし予算には限りがあって。マイホーム探しがロマンとリアリズムの綱引きだとするならば、東京でのそれはリアリズムが圧倒的に優勢だ。ロマンを諦めきれない二人が何件もの内見を繰り返し、やってきたのがこの古いマンションだった。

「ここにデッキ敷いて」

麦がベランダの床面に沿ってバーッと両手を広げる。

「椅子とテーブル置いて」

絹も手を広げる。二人の目にはもう夢の新生活が始まっていた。

「いや、でもここ駅から徒歩三十分ですよ」

不動産屋のそんな言葉も二人はまったく意に介さなかった。駅から遠い。建物も古い。オートロックもWi-Fiも自動給湯器も付いていない。しかし一面の明るいガラス窓、広いベランダ、そして広い空と多摩川がある。ロマンは勝った。


二人でダブルベッドを買い、二人で茶色と白と緑色のカーテンを取り付け、二人でアンティークの照明を吊り下げ、二人でベランダにウッドパネルを敷き詰めた。京王線調布駅から徒歩三十分、多摩川の見える部屋。二人での生活が始まった。

お揃いのジャックパーセルを履いて、近所でお買い物。麦がトイレットペーパーを抱えて、絹は花束を抱えて歩く。商店街のはずれにベーカリー木村屋という古いパン屋さんがあった。ウインドーから覗くと、年季の入った木の棚に昔ながらの惣菜パンが並んでいる。焼きそばパンを買って、食べながら多摩川べりを歩いて帰った。

(十月二十九日、近所で年老いたご夫婦でやっている焼きそばパンの美味しいパン屋を見つけた）と絹はブログに記した。

麦の生活の変化は二人暮らしになったことだけではない。海人先輩の紹介してくれた出版社は無理だったが、別のルートでイラストを描くことが仕事になり始めた。新しく買った机で、麦はせっせとイラストを描いた。

（十一月一日。ウェブサイトでイラストを描く仕事を、ワンカット千円で始めた）と麦は日記に書いた。

同じ十一月一日。絹はアイスクリーム店でバイトを始めた。エプロンを着け、キャップをかぶり、注文されたフレーバーのアイスをコーンに盛る。絹が笑顔で接客している裏で、バックヤードでは女性店長とバイトの若い男の子が何かコソコソやっている。絹は（店長とバイトの子が不倫してた）とはブログには書けなかった。

バイトを終えて絹が調布駅から出てくると、麦が駅前広場の街灯にもたれて、文庫本を読みながら待っている。スタバのコーヒーをテイクアウトして、飲みながら多摩川べりを二人で歩いて帰る。そんな毎日。徒歩三十分の道のりが何より大切な時間になった。

十二月二十四日。二人で暮らして初めてのクリスマス。コンビニの小さなケーキを二つ

おそれ
入りますが、
切手を
お貼り
ください。

読者ハガキ

151-0051
東京都渋谷区千駄ヶ谷3-56-6
(株)リトルモア　行

Little More

ご住所　〒

お名前(フリガナ)

ご職業　性別　年齢　才

メールアドレス

リトルモアからの新刊・イベント情報を希望　□する　□しない

※ご記入いただきました個人情報は、所定の目的以外には使用しません。

小社の本は全国どこの書店からもお取り寄せが可能です。
[Little More WEB オンラインストア]でもすべての書籍がご購入頂けます。
http://www.littlemore.co.jp/

ご購読ありがとうございました。
アンケートにご協力をお願いいたします。

voice

お買い上げの書籍タイトル

ご購入書店

市・区・町・村　　　　　　　　　　書店

本書をお求めになった動機は何ですか。

□新聞・雑誌・WEBなどの書評記事を見て（媒体名　　　　　　　　　　）
□新聞・雑誌などの広告を見て
□テレビ・ラジオでの紹介を見て／聴いて（番組名　　　　　　　　　　）
□友人からすすめられて　□店頭で見て　□ホームページで見て
□SNS（　　　　　　　　）で見て　□著者のファンだから
□その他（　　　　　　　　　　　　　　　　　）

最近購入された本は何ですか。（書名　　　　　　　　　　　　　　　　）

本書についてのご感想をお聞かせくだされば、うれしく思います。
小社へのご意見・ご要望などもお書きください。

ご協力ありがとうございました。

Little More

いただいたご感想は、全文または一部抜粋のうえ、本の宣伝等に使用する場合がございます。

買った。

「メリークリスマス」

プレゼント交換をした。出会った日、文庫本を交換した時のように、二人はそれぞれプレゼントの包みを賞状を授与するみたいに両手で差し出した。

麦のプレゼントを絹が開けてみると、ブルートゥース・イヤホンだった。

絹のプレゼントを麦が開けてみると、ブルートゥース・イヤホンだった。

「ありがとう」

顔を見合わせて笑った。これでもうイヤホンのコードはもつれない。


十二月二十九日。ベッドでお菓子を食べながら、『宝石の国』を二人で読んだ。二〇一二年から雑誌連載が続いている長編ファンタジー漫画、その五巻が先月に出ていた。慌ただしく年が暮れ、今になってやっと読めた。麦がページをめくり、絹が顔をくっつけてページに見入る。二人とも片手にティッシュが離せなかった。めっちゃ泣いた。

大晦日。二人とも実家には帰らなかった。麦がフローリングの床に雑巾がけして、絹が布団をベランダに干して、二人で大掃除をした。

夜は乾麵を茹でて手作りの年越しそばを二人で食べた。午前〇時に年が明ける頃、近所の神社に初詣に向かった。

境内の灯籠の下に段ボール箱が置いてある。絹が何だろうと見ると、開いた蓋の裏に「どなたか育ててください。おねがいします」と手書きの文字。中を覗くと小さな黒い仔猫が「ミャア」と顔を上げた。二人で暮らした最初の一年の終わりに、猫を拾った。

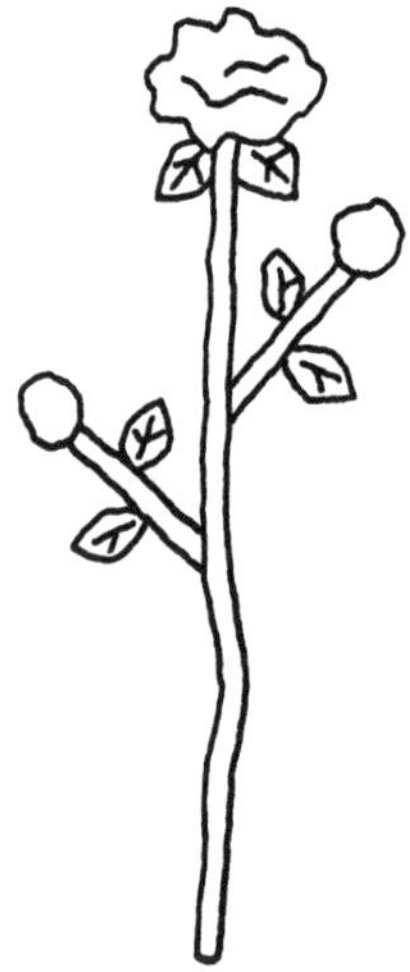

2016

17

二〇一六年、絹と麦が年の始めに最初にしたことは、猫に名前を付けることだった。

（猫に名前を付けるのは最も尊いことのひとつだ）と麦は思っている。

バロンと名付けた。

「バロン、ご飯だよ」と絹が呼ぶと、タッと駆け寄ってくる。缶詰のキャットフードを召し上がる小さな男爵を、二人で飽きずに眺めた。麦はバロンの絵をいっぱい描いた。

春、二人とも就職先が決まらないまま大学を卒業し、フリーターとなった。麦がいつものように本を読みながら駅前広場で待っていると、バイト帰りの絹がトコトコと駆け寄ってくる。

「これ見て、絹ちゃん。なんか創刊された雑誌みたいなんだけど」

絹の顔を見るなり麦が持っていた本を見せた。今日は文庫本ではなく文芸誌だった。

「見て。今村夏子さんの新作が掲載されてる」

「嘘。ほんとだ」

絹は雑誌を手に取り食い入るように見つめる。出たばかりの文芸ムック『たべるのがおそい』創刊号に、今村夏子二年ぶりの新作「あひる」が掲載されていた。街灯の下に立ったまま、二人で読んだ。

（四月十三日、今村夏子の新作を読んだ）と絹はブログに書いた。

六月三日、二人は悪行を働いた。府中で「くりばやし」の餃子を買ってきて、平日の昼間からビールを飲む。フリーターだからこそできる悪行である。餃子にパクつき、缶ビールをグビグビあおる麦の横で、絹はノートPCを開いていた。

「ねえ見て。これって、この人って……」

絹がYouTubeの画面を見せる。バンドのPV。エスカレーターに乗って歌う女性ボーカルを俯瞰で捉えたショット。その顔に見覚えがある。

「ファミレスのお姉さん！」

あのファミレスの店員をやっていた彼女だった。

「だよね、すごいすごいすごい」

「え、めっちゃ踊ってるんだけど。え、こんな人だっけ」

歌い踊る彼女は完全にプロの顔になっている。ファミレスのお姉さんは金髪になってP

ＯＲＩＮと名乗り、すっかり人気者になっていた。時はあっという間に過ぎていく。二人の膝にじゃれつくバロンもほとんどオトナの黒猫になってきた。麦と絹だけがフリーターのままだった。

麦はウェブサイトのイラストの仕事を続けていた。依頼に応じて、従来のモノクロの線画だけでなくカラフルなイラストも描くようになっていた。

ある日、机に向かい、水性マーカーで丹念に色付け作業をやっていた時、ＬＩＮＥの着信音が鳴った。

仕事先から「コラムページのカット3枚追加でお願いします。ギャラは千円でよろしくです」とのメッセージだった。

「あれ？」と思い、麦は「ワンカット千円ですか？」と返信した。

すぐに「3カット千円ですー」と返ってきた。

それはないよと思う。だけど自分はまだセミプロ、いや、ほとんどアマチュアの絵描きでしかない。仕事がもらえるだけでありがたい立場だ。

「うー」と麦は天を仰いで呻いた後、「了解しました！」と返信した。

麦がペンを置き、深いため息をついていた時、玄関のドアがガチャリと開いて絹が帰ってきた。

「どうしよ、明日うちの親来るって」

部屋に入ってくるなり、絹が険しい顔でそう言った。

「え？」

「気をつけてね。うちの親二人とも、価値観が全力で広告代理店だから。レトリックで丸め込もうとしてくるから」

家族の話になると絹は毒舌だ。麦は粛々と絹の両親への対処法のレクチャーを受けた。


翌日、八谷芳明、早智子夫妻は娘が彼氏と同棲する賃貸マンションを訪れた。両親が手配したデリバリーのパーティーセットを絹と麦が盛り付け、四人でダイニングテーブルを囲みワインで乾杯した。

「社会に出るってことは、お風呂に入るってことなの」

ワイングラスの縁を指で拭いながら早智子が妙なレトリックで語り始めるのを、絹がすかさず遮った。

「食卓でプレゼンしないでよ」

芳明は席を離れて、リビングの棚に並んだCDを見ている。

「君はワンオクとかは聴かないの?」

芳明の言葉に麦が振り返り「聴けます」と答えた。好きでも嫌いでもなく、よく聴くわけではないが、まったく興味がないわけでもない。

「チケット取ってあげるからワンオク二人で行っておいで、ワンオク」

若者の前でワンオクって言葉を言いたいだけなんだな、と麦は思い、「ワンオク」と愛想笑いで返した。

「今、僕オリンピックやってるんだけどね」

「オリンピックやるのは選手だよ。代理店じゃないよ」

得意気に語ろうとしていた父は、娘に話の腰を折られて黙った。

しぶとい母はさっき遮られた話の続きを勝手に語る。

「別にね、大手に就職しろって言ってるわけじゃないの。普通に働いてさえくれれば。社会に出るってことはお風呂と一緒なの。入る前は面倒くさいけど、入ってみたら、ああ入って良かったなって思うの」

早智子の話に麦が「確かに」と頷く。絹が麦の袖を引っ張り、「これが広告代理店のやり口なの」と耳打ちした。

「人生って、責任よ」

キラーフレーズっぽいのを早智子が決めたところで、芳明のスマホが鳴った。芳明は「あ、ヒロさんからだ」と嬉しそうに言って、「どーもどーも」とベランダに出ていって電話の相手と長話した。

ともあれ絹の両親による笑顔の圧迫面接を、麦はなんとか乗り切った。

恐ろしいことにその三日後、麦の父、広太郎《ひろたろう》が新潟の長岡から突然上京してきた。

その夜は広太郎が寿司の出前をとり、リビングのローテーブルにあぐらをかいてビールで乾杯した。広太郎がテーブルに置いたスマホから「ジュピター」が鳴っている。長岡の復興祈願花火の映像を流しっぱなしにして広太郎はビールを飲んだ。

「おまえも長岡の人間だったら、花火以外のことは考えんな」

「無茶言うなや」

「東京の花火は小っちぇえ小っちぇえ。早う長岡帰って来い」

命令形ばかりの父の言葉に、息子はささやかな抵抗を試みる。

「やりたいことだってあるし」

麦は自作のイラストを広太郎に差し出した。広太郎は興味なさそうに一瞥すると感想も述べず、麦にイラストを返した。

「だったら仕送りは止める。その分、花火の寄付金に回す」

広太郎は冗談のように笑っていたが、父が本気であることを麦は悟っていた。黙って聞いていた絹も麦の顔色で理解した。

麦の仕送り五万円が花火になってしまったので、翌日からは徒歩三十分の道すがら飲むのがスタバのコーヒーではなくなった。

「今度、海人さんの撮影手伝うことになってさ」

「へえ、菜那さんにも会いたいな」

二人はコンビニコーヒーを飲みながら帰った。

18

円筒形の水槽の中を白いクラゲたちがゆらめく。

「もっと下から。近づけて。左手はそのまま」

海人先輩の指示に従い、麦は両手に持ったＬＥＤの懐中電灯を動かした。子供でもできそうな簡単なお手伝いだが、かっこよく言えば照明助手か。

撮り終えた先輩はＰＣでクラゲの画像をチェックする。無数のカットのどれが正解なのか麦にはよくわからない。機材を片付けながら、麦は何気なく聞いた。

「今日、菜那さんって……」

「銀座。あいつ、オヤジ転がすの上手いからさ」

「あ……」

なんとなく麦は理解した。

「ま、一時的にだよ。俺今、大川さんってクリエイターに認められてるし、ＣＭの仕事入ったら金も入るし」

先輩が振り返り、ペンを持つような仕草をする。

「麦くん、こっちの方は?」

「最近、単価が下がっちゃって……」

苦い顔でうつむく麦の方へ、先輩がニヤッと口の端で笑って歩み寄ってきた。

「菜那に言えば、絹ちゃんも店紹介してくれると思うよ」

「え？」

麦は思わず真顔になる。先輩の口から事もなげに発せられた言葉が信じられなかった。

先輩も真顔になった。

「負けんなよ。協調性とか社会性って、才能の敵だからさ」

麦は何も答えなかった。かっこよさげな海人先輩のセリフが、かっこいいとは思えなかった。


家に帰る足取りが重かった。菜那を銀座で働かせながらクリエイターとしての生き様を語る海人のことを考えた。「情熱大陸」に密着取材されたとして、かっこよく見えるだろうか。

徒歩三十分の道のりを四十分以上かけて歩いて、マンションの前まで帰ってきた時、LINEが入った。

「お疲れさまでーす。次のイラスト、3カット1kでお願いします」

マンションの階段の前で、麦はため息ついて壁にもたれた。少し考えて、返信を打った。

「すいません。ワンカット千円の約束だったと思うんですが」

言うべきことは言わねばと思った。前から思っていた。

すると、すぐに返事が来た。

「そしたら、いらすとや使うんで大丈夫です。おつかれさまでした」

ふふん、と苦笑するしかなかった。「いらすとや」というのはネットのフリー素材提供サイトのことだ。「大丈夫です」ってこういう時に使う言葉でしたっけ。

協調性や社会性が才能の敵だとすれば、自分は才能を敵から守ったのだ。守るべき才能が自分にあればの話だが。


麦はソファに座り、床に座った絹の後ろ髪をドライヤーで乾かしてあげた。バロンは高いスツールの上にうずくまって遠巻きに見ている。ドライヤーを止めて、麦が言った。

「絹ちゃんあのさ。俺、就職するね」

「え?」

絹が目を丸くして振り返る。

「ちょっと遅くなったけど、就活はじめる」

「絵は……？」

「仕事しながらでも描けるし、食べていけるようになったらまたそっちに軸足戻せばいいし」

麦はドライヤーを片付けながら何でもない調子で言った。もう決めたことだから、「そっか」と軽く受け止めてくれればいい。

しかし絹としては、軽くは聞き流せない。

「うちの親が言ったから？」

「違う違う。ほら、ずっと書いてなかった今村さんも新作書いたでしょ。あひる面白かったじゃん。ファミレスのお姉さんだって、PORINさん、今すごいじゃん。俺も次行かないとって思ってさ。ダメ？」

ダメなわけはないが、バイトしながら絵を描くことと、就職して絵を描くことは少し違うような気がすると絹は思う。

「ダメじゃないけど、このままずっとこういう感じが続くのかなって思ってたから」

「こういう感じだよ。ただ就職するってだけで何も変わらないよ。だってお金なかったら本も買えないし、映画だって観れないでしょ」

「そうだけど」
「俺、働くよ」
安心させるような笑顔で大きく頷いて、麦はそう言った。

今度は麦が髪を切り、リクルートスーツを着て、絹がマンションのベランダから見送った。「いってらっしゃい」と手を振る絹に、「いってきます」と麦は拳を突き上げた。

麦が就活に出かけた後、絹は部屋で簿記二級の通信講座の案内書を読んだ。絹も早くフリーターを卒業しなければと考えていた。

(その夏、『シン・ゴジラ』が公開されても、『ゴールデンカムイ』の八巻が出ても、新海誠が突如ポスト宮崎駿になっても、渋谷パルコが休業しても、わたしたちの就活は続いた)

絹は二〇一六年の夏をそう記憶する。

秋になっても二人の就職はまだ決まらない。絹は通信講座を受講し始め、毎晩黙々と簿記の勉強に勤しんでいる。麦は企業の資料を読んだりエントリーシートを書き込んだりの作業に没頭しながら、(普通になるのって難しい)と思った。

そして十二月、絹は都心の歯科クリニックに経理担当として就職が決まり、年明けから出勤することになった。

YouTubeにはAwesome City Clubの新曲「今夜だけ間違いじゃないことにしてあげる」のPVがアップされ、ピンク色の髪のPORINが歌っていた。

（簿記二級の資格を取った彼女の就職が先に決まっても、ファミレスのお姉さんの髪がピンクになっても、スマスマが最終回を迎えても、僕だけ就活が続いた）

麦は二〇一六年の年末をそう記憶する。


去年の大晦日に神社の境内で拾われて一年、バロンはもう立派なオトナの黒猫になっていた。あれから一年、絹は社会人の道を歩み始めた。

麦だけフリーターのまま、就活作業に励んだ。（一月から彼女は働き始める。年内に就職を決めたい）とあせっていた。

夜なべして頑張る麦の背中に、絹は（決まりますように）と祈った。


しかし、そのまま二人と一匹は年を越した。

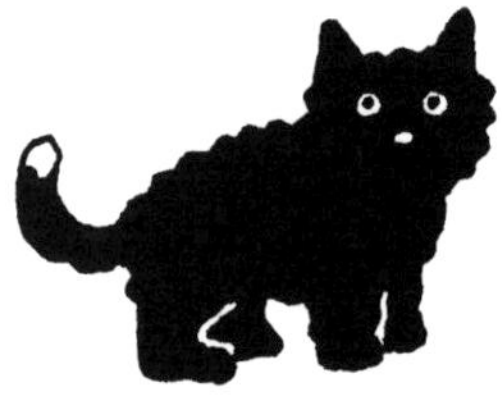

2017

19

絹は歯科クリニックで経理の他に受付業務なども担当し、毎日淡々と仕事をこなした。

職場には彼女のような事務員や歯科衛生士など若い女性が多い。定時で仕事が終わると、先輩たちはアフターファイブの活動に熱心な様子だった。

金曜日の夕方、絹が「お先に失礼します」と帰ろうとすると、玄関先で化粧直しをしている先輩二人が声をかけてきた。

「八谷さんって毎回単独行動だよね」

つまり付き合いが悪いという意味か。職場のコミュニケーションは大事だ。絹が挙手のポーズで答える。

「行きます」

「あ、行く？　コリドー街。名刺集め」

二人は含み笑いでそう言った。

いつからか、銀座のコリドー街はナンパの聖地と呼ばれるようになった。夜の銀座と言えば高級クラブに重役クラスや大物芸能人が集う大人の街のイメージだったが、線路沿いのコリドー街にはカジュアルなバーやレストランが軒を連ね、若い男女ビジネスパーソンたちで夜な夜なにぎわうようになっていた。新宿、渋谷、恵比寿、六本木みたいに学生たちが騒いだりはしないのが曲がりなりにも銀座であって、大人の出会いを求める男女が集まってくる。

絹が先輩たちに連れられ、スタンディングバーでカクテルグラスを傾けていると、さっそくスーツ姿のアラサー男子三人組が寄ってきた。

「今晩は」と言いながら、男たちが名刺を差し出すのを、先輩たちは「ありがとうございますー」と慣れた手つきで受け取る。「奢りますよ。何ーラ飲みます?」と男の一人が言うと、先輩たちは「じゃあ、テキーラ!」と答える。場違いなところへ来てしまったと絹が後悔し始めた時、スマホの着信音が鳴った。麦からだった。

絹は「お手洗い行ってきます」と席を離れ、店のエントランスで電話をかけ直した。

「もしもし、ごめん、今気づいて……」

「絹ちゃん」

妙に深刻なトーンの麦の声に、絹はざわつく。

「うん、今どこ?」

「内定決まった」

泣いてるような声で麦が言う。

「就職決まった」

「おめでとう……おめでとう……」

絹は安堵のため息でそう繰り返し、店の壁にもたれた。


翌日はいい天気だった。絹と麦はベランダにテーブルを出して食事を並べ、ワインを飲んで就職祝いをした。

麦が見せた会社案内のパンフレットには「ECロジスティクス」云々と書いてあった。

「ネット通販専門の物流関係で、新しい会社だけど、これから伸びると思うんだよね」

「うん」

「あといいのは、五時には必ず帰れるって」

「じゃあ、絵描けるね」

「良かったよ、ほんと。これでもう、絹ちゃんとずっと一緒にいられる」

麦がサラリと言った「ずっと一緒に」という言葉に、絹は（え?）と思った。麦は笑顔で続ける。

「絹ちゃんと出会って二年、楽しいことしかなかった。それをこれから先もずっと続ける。僕の人生の目標は、絹ちゃんとの現状維持です」

絹は麦の背中に腕を回してぴったり寄り添った。二人くっついて、多摩川を眺めた。

「ニンテンドースイッチ買わなきゃね」

「うん、ゼルダ楽しみだね」

きらめく川の流れは、どこまでもゆったりと続いていた。

20

新入社員の麦は忙しく働いた。営業部に配属され、帰りが八時を過ぎることもしばしば。話が違うと絹は思ったが、初めのうちは仕方がないと麦は言う。先輩に連れられて外回りの仕事に飛び回り、忙しいけれど新鮮な毎日に楽しさを感じている麦だった。

買ったばかりのニンテンドースイッチはテレビの横に置きっぱなしになっていた。「ゼルダの伝説　ブレス　オブ　ザ　ワイルド」は、序盤のゾーラの里で止まってしまっている。

珍しく麦が早く帰れた日、駅で待ち合わせて絹と一緒に帰った。徒歩三十分、多摩川べりを歩きながら飲むのはコンビニコーヒーではなく、スタバのコーヒーに戻った。二人ゆっくり喋るのも久しぶりだ。

「牯嶺街《クーリンチェ》もうすぐ終わっちゃうよ」

エドワード・ヤンの名作『牯嶺街少年殺人事件』の4Kレストア・デジタルリマスター版が公開されていた。二百三十六分の長尺。二人で絶対見に行こうと約束していた。

「金曜は？」

「金曜は……ダメだ。親睦会が入ってる」

「まあ……映画はいつでも行けるから」

絹は気にしていないように言ったが、麦はゴメンと詫び、「あー」と夜空を仰いだ。スタバのコーヒーが少し苦い。


次の週、菜那から飲み会の誘いが入った時も麦は仕事の都合で参加できなかった。前に写真展で会ったメンバーで集まるという。ただし、海人先輩を除いてだった。菜那と海人先輩は別れたと噂に聞いていた。

「絹ちゃんだけでもおいでよ」と菜那から誘われ、絹は一人で出かけることにした。

菜那と黒いハット組の祐弥と大夢、祐弥の彼女の彩乃、そして絹という五人。新大久保の韓国料理店で、みんなでチーズタッカルビを食べた。「美味い美味い」と鉄鍋を囲み、まだ酔いも回っていない段階で大夢がいきなり核心に触れた。

「菜那さん聞いていいスか。やっぱカネ無いから海人さんと別れたんスか？」

菜那が銀座で働いて海人先輩に貢いでいたらしいことを絹は麦から聞いていた。菜那は無言で前髪を上げ、額を見せた。生え際に大きな痣がある。

「え？　あの人殴ったの？」と祐弥がぎょっとして覗き込み、彩乃が「最低」と吐き捨てるように言った。

一同ドン引きの重い空気の中、大夢だけは海人先輩を弁護した。

「いや、海人さんも辛かったんだと思いますよ。自分のやりたいことが世間に認めてもらえないから、つい……」

つい殴るって何、と絹は憤りを感じたが、菜那は達観したような苦笑を絹に向けた。

「麦くんは偉いよ」

釈然としないまま、絹は菜那に合わせてただ苦笑するしかなかった。


その夜、遅く帰った麦はコンビニで買ったうどんを食べながら、絹から菜那の話を聞いた。麦は海人先輩を非難するでも擁護するでもなく、笑い話のようにオチをつけた。

「別れた男とお揃いのタトゥーはきついよね」

絹が洗濯物を畳みながら聞く。

「菜那さん、麦くんに会いたがってたよ。来週とかどう？」

麦は質問に答えなかった。

「今度さ、東海エリアのクライアント開発やらせてもらえることになったんだよね」

「……そうなんだ」

菜那や友達に会う暇はないということだと絹は理解した。

「企画出してみたらって言われてるし、結構人脈広がってきててさ」

嬉しそうに言う麦に、絹は「よかったね」と微笑んで立ち上がり、たたんだ衣類をクローゼットにしまった。ふと麦の机の方を見て、棚の上に片づけられた画材が目に入る。麦が絵を描く姿をずっと見ていない。

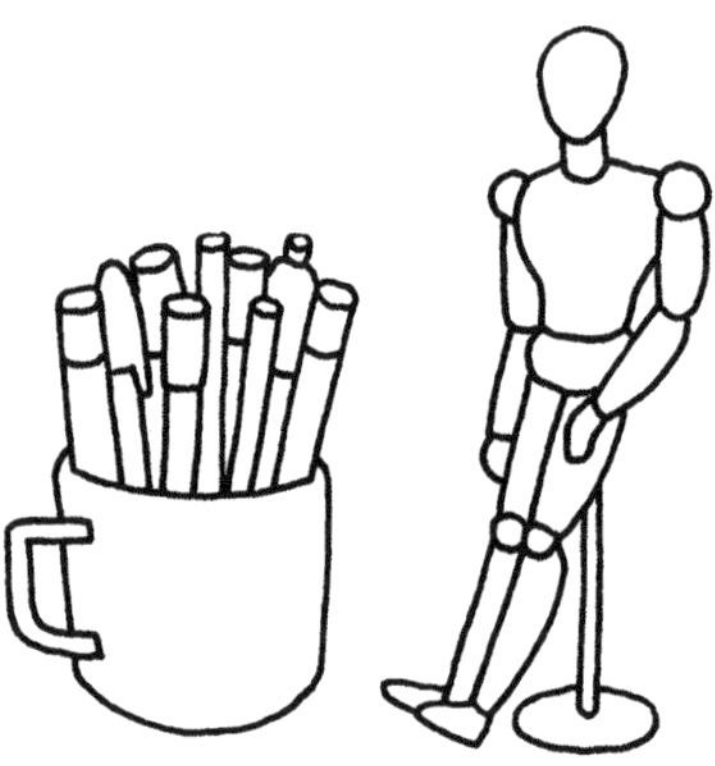

21

一昨年の芥川賞を受賞した滝口悠生の最新短編集『茄子の輝き』を読み終え、絹はリビングのソファでふうっと余韻のため息をついた。感動が冷めないうちに話したくて、本を持って麦の方へ行った。

麦は机に向かい、PCの表計算ソフトを開いて作業している。

「ねえねえ、麦くん」

絹が呼びかけると同時に、LINEの着信音が鳴った。スマホの画面を確認しながら麦が言う。

「舞台だっけ、いつだっけ、なんか観に行こって言ってたの」

「わたしの星のこと?」

劇団ままごとの『わたしの星』を観に三鷹へ行く約束だった。絹は本棚の横に貼ったチラシを目で示す。

「土曜だけど」

「出張は日曜なんだけどさ。静岡に前乗りしようって話あって」

舞台を観に行く約束の日も劇のタイトルも覚えてなくて、それをドタキャンしようとしている麦に対して、絹は怒りはしなかった。

「うん、大丈夫。大丈夫だよ」

麦は絹が大丈夫じゃないことを察した。

「じゃあ前乗り断って、行くよ」

「え、何で？　大丈夫だって……」

「大丈夫じゃないでしょ。チケット取ってあるんでしょ」

「仕事だから」

「てゆうか、俺だってそういうの嫌なんだよ。仕事がとか、そういうこと言うの嫌に決まってるじゃん」

「わかってる」

相手を思いやるような言葉を並べながら、自分の気持ちを分かってくれという主張が顔にも声にも出ていた。お互いに。

「ただ、絹ちゃんと生活習慣が合わないってだけで」

「え？」

生活習慣が合わないだけ。麦は客観的に分析したつもりでそう言った。絹はそこに気持ちがないことが信じられなかった。

「いや、だから、今大事な時だから」

「わかってるよ」

「またかって顔したじゃん」

「またかとは思うよ。またかだから。でもわたしが言ってるのは……」

「だから行くって言ったじゃん」

「じゃあって。じゃあだったら行きたくないよ」

「え？」

「じゃあの数が多いんだよ、最近」

そう言われて、麦は言葉をなくした。「じゃあ」の何がいけないのか。君がそうしたいなら「じゃあ」そうするよと思いやることの何がいけないのか。

黙って片方の眉を吊り上げる表情に、麦が自分は悪くないと思っているのが絹にはわかった。

「面倒くさいって顔しないでよ」

「じゃあ、面倒くさいって顔しません」

「何でそんな言い方するの」

「また言い方のことで怒られた」

あなたの方が怒ってるんじゃん、と絹は思った。うんざりしてため息をつく。

「こんなどうでもいいことで喧嘩したくない」

「この舞台って前にも観たことあるやつでしょ！」

ついカッとなって、麦は演劇のチラシを指差した。語気が荒くなりすぎたと思い、考え直す。

「……違うか。また再演して欲しいねって、ずっと話してたやつか」

そうだよ、そのことだよと絹は情けなく思った。

「ごめん」

麦も情けなくなった。うなだれている麦に、絹は『茄子の輝き』を渡した。

「これ良かったよ。出張に持ってったら？」

「ありがとう」

スマホのバイブが鳴り、麦は本を置いて電話に出た。

「はいもしもし、お疲れ様です。土曜日？　はい、行きます」

まだ土曜日の件の結論を二人ではっきり確認し合ったわけではないのに、麦は電話の上司に答えていた。

絹は窓辺に立って外を眺めた。夜の多摩川は真っ黒で何も見えない。二人のマンションの玄関には、仕事用の黒い革靴が並んでいる。お揃いの白のジャックパーセルは下駄箱の奥に眠っていた。

22

麦は会社の先輩と二人で静岡へ来た。

「五年の我慢だよ。五年頑張ったら楽になるから」

先輩の横田さんから言われて、五年は長いなあと思う。

営業先の会社の駐車場に車を停め、トランクから荷物を下ろす。横田先輩はさっさと先へ行き、大量の資料類を麦が一人で抱える。肩に担いだボストンバッグから、バサッと本が落ちた。絹から渡された『茄子の輝き』だった。麦はそれを拾い、車のトランクに投げ込んだ。

絹は一人で三鷹市芸術文化センターへ来た。

柴幸男が主宰する劇団ままごとは二〇〇九年に旗揚げされ、ミュージカル『わが星』で岸田國士戯曲賞を受賞した。二〇一四年に『わが星』の登場人物を高校生に変更し実際に高校生が演じる『わたしの星』を初演し、評判を呼んだ。絹が観ることができなかったその舞台が、今年再演されることになったのだ。

会場は多くの若い女性客で賑わっていた。念願の舞台を観に来たのに、絹の心は弾まなかった。けれど、舞台を夢中で観るうちに嫌なことは忘れた。感動の言葉をアンケートに書き込み、絹は洗われた心で会場を出た。

出張の夜、横田先輩が「うまい店連れてってやる」と麦を連れてきたのは炭焼きレストランさわやかだった。

油はね防止シートを胸の前で持つと、ジュージューと音立てる鉄板が目の前に置かれる。鉄板の上に鎮座するのは大きなボール状のげんこつハンバーグ。店員が大きなナイフとフォークで手際よく肉塊を真っ二つに切り分け、「中身が赤い程度に焼いていきます」と断面を熱い鉄板に押し当てる。オニオンソースをかけるとジュウッと泡立つ。

「最高でしょ。さわやかのために静岡住もうかと思うもん」

ハンバーグにパクつきながら横田先輩が笑う。

「最高っすね」

念願だったその味を初体験しながら、絹と一緒じゃないことに麦は罪悪感を抱いた。

23

仕事に追われ、あっという間にその年は暮れていった。

麦は家にも仕事を持ち帰る。夜中、パソコン作業する手の横に、絹がコーヒーカップを置いてくれた。

「あ、ありがとう」

「うん、おつかれ」

リビングのソファに座った絹はニンテンドースイッチのコントローラーを手にした。大きな起動音に麦が振り向く。

「あ、ごめん」

「ううん」

麦が立ってソファの背後へ来た。

「ゼルダ？」

「うん。崖登ってるだけで楽しいんだよね。今ね、水の神獣ヴァ・ルッタっていうのと戦ってて……あ、ちょっとだけやってみる？」

絹がコントローラーを差し出すと、麦は困ったような顔をする。

「ああ、今大丈夫かも」

「そうだよね、ごめん」

「大きい音でやっていいよ」

「わたし別に今やんなくても……」

「大丈夫、絹ちゃんだって一日働いて今休んでるんだから」

机に戻った麦はバッグからブルートゥースイヤホンを取り出し、耳に装着した。パソコンに没頭するその横顔を絹が呆れたように見つめていることにも気づかない。絹はゲームをやめて寝室へ行った。


クリスマスは二人で渋谷へ出かけた。「クリスマスだよ。買い物しようよ」と言う麦の手を引っぱり、絹は「映画観たいの」と円山町のユーロスペースへ向かった。

アキ・カウリスマキの『希望のかなた』を観た。シリアの内戦を逃れてフィンランドへ来た難民の話。過酷な社会問題が淡々と、時にユーモラスに描かれる。希望とは何か、希望のかなたとは……静かな画面に見入っている絹の横で、麦は静かな寝息を立てていた。

映画の後は本屋へ寄った。かつて公園通りにあった本のデパート大盛堂書店、明治通りの文教堂、駅前の旭屋書店、東急本店前のブックファースト、パルコの地下のパルコブックセンター……等々、渋谷の街にあった大型書店は次々と姿を消してしまった。今やデートで本屋さんをブラブラする男女は絶滅危惧種だった。

絹は『たべるのがおそい』の最新号を見つけて手にとった。麦に見せようと姿を探すと、彼はビジネス書のコーナーにいた。前田裕二の『人生の勝算』を立ち読みしている。麦の真剣な表情に絹は声がかけられず、一人でレジに向かった。

その夜、ベッドに腰掛けてスマホを見ていた麦が「映画面白かったね」と言った。目はスマホに向けられたままだった。絹は「うん」とだけ答えて布団に潜る。感想を話し合う気になれない。

「同期がさ、結婚するんだって」

スマホを置き、寝室の明かりを消しながら麦が言った。布団に入ってきて絹に聞く。

「そういうの、考えたりする？」

「うん？」

「いつ頃がいいかなとか」

今夜のこの気分でそういう話を持ち出す麦の神経が絹には理解できず絶句した。麦はしつこく聞く。

「ない？」

「考えたことなかったかな」

「考えてみてもいいと思うんだけどね」

「うーん……」

枕元のスタンドを消そうとする絹に麦がまた聞く。

「また映画とかさ、何かしてほしいこととかある？」

「……ベランダの電球切れてて」

「あー、あ、この間言ってたっけ、ごめんごめん」

「ううん」

「やっとくよ。おやすみ」

電気を消して暗闇の中、背を向け合って寝た二人は考える。

(よくわからない。三ヶ月セックスしてない恋人に結婚の話を持ち出すってどういう感じだろう)

(よくわからない。いつまで学生気分でいるんだろ。ずっと二人でいたいって思ってないのかな)

2018

24

二人で暮らし始めて三度目の新年。絹と麦の会話はめっきり減っていた。自分の気が向いた時に一人でお茶を飲み、一人でみかんを食べ、互いに一人暮らしみたいに勝手に振る舞っている。

麦は相変わらず家に帰っても机に向かってばかりで、絹は一人リビングでPCを開きNetflixの『ストレンジャー・シングス 未知の世界』を見たりしていた。

バロンが窓辺で寂しげに「ナア」と鳴いても、イヤホンをしている二人の耳には入らない。

絹は久しぶりに菜那と会った。神保町のバンゲラズキッチンのテラス席でランチのカレーを食べた。

「でもさ、そこそこ工夫しないと気分も上がらないでしょ」

「工夫って？」

「道具使うとかさ」

菜那の即物的なアドバイスに絹は苦笑する。

「馬鹿じゃないの」

「だって付き合って三年でしょ」

「え、じゃあ世の中の三年付き合ってるカップルはみんな道具使ってしてるってこと？」

思わず大きな声で言ってしまった絹の言葉に、背後に歩み寄ってきていた男性が
「え？」と立ち止まる。

「あ、加持《かじ》さん」と菜那が言った。

絹が振り返ると、加持さんと呼ばれた男が「こんにちは」と微笑んだ。ウェイビーな長髪に無精髭のクリエイター系っぽい感じ。イケオジと呼ぶにはまだ少し若さが残るアラフォー男だった。

25

冬のある日、近所の商店街へ出かけた絹はショックな事実を知る。いつの間にか、あの焼きそばパンの美味しいベーカリー木村屋が閉店していた。

入り口のドアに貼られた「五十八年と云う長きに渡りご愛顧を戴き心から感謝して居ります。誠に有難う御座居ました」という手書き文字の閉店のお知らせを絹は哀しく見つめた。どの街からも個人店が一つまた一つと消えていき、いずこも同じチェーン店ばかりになっていく。


その日、まだ明るいうちに麦は営業先から急いで会社に戻ってきた。

「鏑木運送のドライバーが配送中のトラックを海に捨てたんだって」

営業部に駆け込んできた麦がそう告げると、自分の席でコーヒーを飲んでいた後輩の小《お》村《むら》が「はあ？　どういう意味すか？」とのんきな声で言った。

横田先輩が来たので麦が聞く。

「ドライバーの名前わかりました？」

「飯田。知ってる?」

「前にロストした荷物、一緒に探したことあります。僕と同い年だって」

「対策室作るって。おまえ、担当になると思うよ」

麦が「え? 俺?」と言う前に、横田先輩は「ちょっと来い」と小村を連れて部屋を出ていった。

大変なことになった。これから押し寄せるであろう激務を想像し呆然としていた時、スマホに絹からのLINEが入った。

「パン屋の木村屋さん、お店畳んじゃってたよ」というメッセージ。店頭の張り紙の画像も添付されている。

こんな時に限ってどうでもいい話を送ってくる。麦はうんざりしながら返信を打った。


絹が部屋でバロンの相手をしていると、スマホが鳴った。

「駅前のパン屋さんで買えばいいじゃん」

麦からきた返信を読んで絹は愕然とした。パンが買えなくて困るという話じゃない。好きだったパン屋さんがなくなってしまって寂しいという話だ。なぜそれがわからないのか。

絹はソファにもたれ、もどかしさに「うう……」と唸る。

するとと、また着信音が鳴る。麦からかと思ったら違った。

「先日の件、考えてくれた？」

この前、菜那に紹介された加持という男からのＬＩＮＥだった。


日が暮れて、麦は倉庫にいた。びしょ濡れになったダンボール箱を作業員がフォークリフトで積み上げていくのを、なすすべもなく見守る。

「山音さん、ヤバいっすよこれ。もう出てますよ」

小村がスマホを見せた。ネットのまとめサイトに宅配ドライバーが東京湾にトラックを捨てた事件が載っている。ドライバーの顔写真まで流出していた。

配送中の荷物をトラックごと東京湾に捨てたドライバーは、新潟で逮捕された。年齢だけじゃなく、出身も麦と一緒だった。取り調べで彼が言ったらしい。「誰でもできる仕事なんてやりたくなかった。俺は労働者じゃない」と。

怒りでも悲しみでもない、やるせないとしかいいようのない感情で胸がいっぱいになって、麦は小村にスマホを返した。


事故対策室と命名された会議室で荷主への補償について話し合った。方針が決まると上司は帰っていき、麦と小村で取引先へのお詫びと補償内容についての交渉などの事後処理にあたる。連絡先のリストは大量になった。結局、難しい部分は小村には任せられず、麦が一人でやることになる。

「羨ましい気もしますね」

担当分の作業を終えた小村が席を立ち、ジャケットを着ながら言った。

「全部放り出して逃げたくなることってあるじゃないすか」

その軽い口調に麦はムッとする。

「羨ましくなんかないよ。生きるってことは責任だよ」

「へー、大変すね」

「何だよ、へー大変すねって」

「すいません、お疲れっしたー」

小村は他人事みたいに笑って帰っていく。麦はカッとなって書類の束をつかんで立ち上がり、奴の背中に投げつけようとして……やめた。

一人残った麦は夜を徹して作業を続けた。一段落ついたところで、ぐったりと床に寝そべった。身体は疲れているのに脳が興奮していて眠れない。スマホでパズドラをやった。

ただ機械的にパズルドロップを指で動かす。ゲームオーバーになる頃、やっと睡魔が襲ってきた。

夢とうつつの間をさまようと、なぜかベッドに寝転んで『宝石の国』を彼女と一緒に読んだ、あの日の自分が見える。

「僕の人生の目標は絹ちゃんとの現状維持……」

ベランダで就職祝いをした日に言った自分の言葉が、どこか遠いところから聞こえてくる。

26

四月のある夜、絹はYouTubeにアップされたAwesome City Clubの「ダンシングファイター」をBGMに、缶ビールを飲んでいた。麦が部屋着に着替えながらリビングに来たので聞いてみる。

「まだ仕事あるの？　飲まない？」

麦は答えず、ローテーブルの上に読みかけで置かれたマンガ本に目を留めた。

「ゴールデンカムイって、今十三巻まで出てるんだ？」

「うん、どんどん面白くなってる」

麦はソファに座ってゴールデンカムイをパラパラとめくり、元の開いていたページに戻してテーブルに伏せた。

ビールの気分じゃなさそうだと察し、絹はティーポットで緑茶を淹れた。

「もうちょっと待っててね」

「うん……」

黙り込んだ麦の様子はかなり険しい。絹はテーブルの上に積んでいた本を片づけた。いちばん下に残った薄い冊子を麦が手に取り読む。

「何これ」

「ANOTHER PLANET」という企業の会社案内だった。絹は（見つかったか）と思い、覚悟を決めて麦の前に座った。

「転職しようかなって」

絹はずっとこの話を切り出せずにいた。

「へ？」

冗談でしょ、と麦は思った。

「イベント会社。知り合いに好きな映画の話とかしてたら誘われて。派遣だし給料減るけど、今もうね、仕事終わりに顔出したり、教わったりしてて……」

一気に話し出す絹に麦は面食らう。

「え、事務の仕事は？　知り合いって？」

「もう辞めるって伝えてある。知り合いは、そのイベント会社の社長の人」

会社案内の最初のページには、代表取締役社長・加持航平の挨拶文と顔写真が載っていた。

「え、待って待って。俺、知らない話しかないいんだけど」

この時点では、麦はとりあえず驚いていただけだ。

「ごめん」

軽く謝られて、麦の驚きは不信感に変わる。

「何で？　せっかく資格取って入ったのに、何でそんな簡単に仕事放り出せるの？」

「うん、それはそうなんだけど、やってて、やっぱり向いてないなって思ったから」

「向いてるとか向いてないとか、そういう問題じゃなくない？　それで何でイベント会社なわけ？　それは向いてるの？」

「好きなこと活かせるし」

「好きなこと」

麦はフンと鼻で笑った。絹は会社案内をめくって説明する。

「この会社ね、謎解きのアトラクションとかやってて、漫画の原作使ったり、音楽のプロモーターもやってるし」

「遊びじゃん」

麦のその言葉に絹はカチンときたが、笑顔をつくって言う。

「そうだね。会社のそういうポリシーあるんだよ。遊びを仕事に、仕事を遊びにって」

「ダサ」

麦の不信感はもう怒りに変わっていた。絹は無理して笑う。

「ま、そこはダサいとは思う。毎日テキーラ飲んでるし」

「仕事は遊びじゃないよ。そんないい加減なとこ入って、上手くいかなかったらどうするの？」

「その時はその時……」

言いかけて絹はやめた。完全に怒っている麦の顔を見て、不毛なケンカはしたくないと思った。

「そうだね。麦くんは仕事に責任感じて、大変な思いしてやってるんだもんね」

「大変じゃないよ別に。仕事だから。取引先のおじさんに死ねって怒鳴られて、ツバ吐かれて。俺、頭下げるために生まれてきたのかなって思う時もあるけど、でも全然大変じゃないよ、仕事だから」

悲惨な話をドヤ顔で語る麦。絹は何か間違っていると思う。

「その取引先の人、おかしいよ」

「偉い人なんだよ」

「偉くないよ。偉いのかもしれないけど、その人は、今村夏子さんのピクニック読んでも何も感じない人だよ」

いつか自分が言った言葉を返されて、麦は黙った。

「そんな人に麦くんが傷つけられるのは……」

今度は絹が怒っていた。麦が遮る。

「俺も、もう感じないのかもしれない」

本棚の方を見てため息をつく。

「ゴールデンカムイだって七巻で止まったまんまだし。宝石の国の話だっておぼえてないし。いまだに読んでる絹ちゃんが羨ましいもん」

「読めばいいじゃん、息抜きぐらいすればいいじゃん」

「息抜きにならないんだよ。頭入んないんだよ。パズドラしかやる気しないの」

スマホを握りしめて、麦は泣きそうになっていた。パズドラしかできない気持ちは絹にはわからないだろうし、わかってくれと言う気もない。わかってほしいのは別のことだ。

「でもさ、それは生活するためのことだからね。全然大変じゃないよ。好きなことが活かせるとか、そういうのは人生舐めてるって考えちゃう」

結局は絹への批判だった。嘲笑するような麦の言い方に絹は腹が立つ。好きなことをして何が悪いのか。二人で暮らしているのも好きだからじゃなかったのか。

「好きで一緒にいるのに、何でお金ばっかりになるんだろうって」

思わず大きな声になった。麦も語気を強める。

「ずっと一緒にいたいからじゃん。そのためにやりたくないことも……」

「わたしはやりたくないことしたくない！　ちゃんと楽しく生きたいよ！」

「じゃあ結婚しようよ！」

唐突に、麦はそう怒鳴っていた。

「結婚しよ。俺が頑張って稼ぐからさ、家にいなよ。働かなくても、別に家事もしなくても、毎日好きなことだけしてればいいじゃん」

「それってプロポーズ？」

今度は絹が鼻で笑う番だった。

「今、プロポーズしてくれたの？　……思ってたのと違ってたな」

二人とも情けなくうなだれた。

「忘れて」

麦は立ってキッチンの方へ逃げた。

「わたしも、ごめん」

絹はティーポットのお茶を湯呑に注ぎ、麦に持っていった。

「お茶苦くなっちゃったかも……」

麦は目元を拭いながらお茶を飲んだ。

「これぐらいでちょうどいいかも」

二人とも力なく笑った。麦の向かいに絹が腰掛け、ダイニングテーブルに置いてあったPCをいじる。

「最近何見てるの？　ウォーキング・デッド？」

「今ね、マスター・オブ・ゼロ」

生ぬるいお茶のような空気の中、バロンは窓辺で静かに毛づくろいを始めた。

27

ほどなく絹はクリニックを辞め、イベント会社で働き始めた。

七月、新しい謎解き系アトラクションのオープン初日。絹は会場の案内係を務めた。イヤホンで指示を受け、大声で整理券番号をアナウンスし、客を入場口に呼び込む係だ。絹は来場者の中に菜那の姿を見つけて手を振った。

「いいじゃん、何か似合ってる」

菜那は絹のパンツスーツ姿を褒めてくれた。

「本当？　すごい楽しいよ」

担当する仕事はまだ雑用の域を出ないものの、自分が望んだ職場で働くのは気持ちがいい。何より前向きになれる。

ロビーの中央では社長の加持がモデルやタレント系の若い女性たちに囲まれ、パブリシティ用の写真撮影をしている。

菜那が絹に顔を寄せ、小声でささやく。

「ねえ、もう加持さんから誘われた？」

相変わらずゲスなことをあっけらかんと言う菜那に絹は苦笑した。

「まわりに綺麗な子いっぱいいるもん」

加持は二人の方を見ることもなく、おバカ顔して女の子たちとピースサインしていた。

静かなBGMと大勢の喋り声が聞こえる。絹が目を開くと暗がりの中にきらめくミラーボールが見えた。仰向けに寝返ると、無精髭の男の顎が頭上にある。

「え?」

絹はあわてて飛び起きた。

「お、起きたな」

加持が笑う。いつの間にか絹は彼の膝枕で寝てしまっていた。

「え、何でわたし……」

「ここ来て一杯飲んですぐ潰れてさ。社長に絡んで、わたしどうすか、わたしどうすかって言いながら膝で寝ちゃったんだよ」

ソファー席に並んだ社員の一人がそう教えてくれた。オープン日の打ち上げで加持社長がみんなをラウンジバーへ連れてきたのだった。

「嘘……」

絹は一気に酔いが覚めた。入社早々、最悪の醜態をさらしてしまった。

遅れてやってきたメンバーをみんなが出迎えに立ち、絹と加持がソファに残される。

「大丈夫？　ラーメンでも食いに行こうか」

加持が小声で囁いた。絹が何も言えずに固まっていると、加持は「行こ」と立ち上がった。


帰りの電車の中で加持から「じゃあまた明日」とLINEが入った。絹も「はい。じゃあまた明日」と返信を打つ。フラフラする頭とモヤモヤする胸のうち。電車の揺れに倒れそうになりポールにつかまると、絹の目線の先、つり革につかまりスマホを見ている麦がいた。麦が気づいて手を振る。絹はひきつったような笑顔で手を振り返した。

上司と打ち上げに行き、ラーメンを食べただけだ。何もやましいことはない。だけど妙に気まずい。絹はそっとスマホをバッグにしまった。

28

（先輩が死んだ。お酒を飲んでお風呂で寝て死んだ。飲むと必ず、みんなで海に行こうと言い出す人だった）

その年の暮れ、急死した海人先輩の通夜に麦と絹は参列した。号泣する大夢の肩を叩いて祐弥が慰めていた。菜那の姿はなかった。

お通夜が終わると、麦は絹を名代富士そばに連れて行った。海人先輩が好きだった紅生姜天そばを食べて帰った。

その夜、マンションへ帰ると絹はすぐに「寝るね」と言って寝室へ行き、麦はひとり眠れず、ニンテンドースイッチでゼルダをやった。ゲームにまったく集中できなかった。家を出て、多摩川の河原に腰を下ろして、ぼんやりと夜の川面を眺めた。

（一晩中先輩の話をしたかったけど、彼女はすぐに寝てしまった。ひとりでゲームをして、外散歩して、少し泣いたら眠くなったので寝た。次の日の朝、彼女が話をしようとしてきたけど、なんかもうどうでもよかった）

翌朝、絹は「菜那さんからメールあったんだけど……」と話をしかけたのだが、麦は聞こうともせず「行ってきます」とバッグを担いで家を出た。

(彼の先輩が死んだ。悪い人じゃなかったけど、お酒を飲むとすぐ女の子を口説こうとする人だった。恋人に暴力をふるったこともあった。亡くなったことはもちろん悲しかったけど、彼と同じように悲しむことはできなかった。そんな自分も嫌になって……。次の朝打ち明けようと思ったけど、もう遅かった。なんかもうどうでもよくなった)


その後、麦は菜那に呼び出され、海人先輩の作品の整理を手伝うことになった。ギャラリーのダンボール箱に詰め込まれたプリントの中には、麦が照明を当てたクラゲの写真もあった。

「最終的には別れたけど、結婚する未来もあったかなとは思ってるよ」

遺品となってしまったカメラをケースにしまいながら菜那が語った。

「こういうとこ嫌だなって思うところにも慣れるし、嫌だなって気持ちにも慣れるし。でも一回別れること考え出したらね、かさぶたみたいに剝がしたくなるんだよね」

確かにと麦は思う。絹と別れることを確かに自分は考え始めていた。

「わたしは麦くんと絹ちゃんには別れてほしくないけど、若い時の恋愛と結婚は違うしね」

思い切って別れるべきなのかもしれないとも思うし、でもかさぶたを剝がさなければ傷は治るんじゃないかとも思う。

年明けに行われるAwesome City Clubのライブを絹の会社が手掛けることになった。ファミレスで出会った店員のお姉さんが人気バンドのボーカルとして活躍し、そのライブに自分が携わるようになるなんて、思ってもみなかったことだ。人生が少しずつ動いていくのを絹は感じた。そして、麦の人生と自分の人生が離れ始めていることも。

「恋愛って生ものだからさ、賞味期限があるんだよ」

ライブハウスでバンドのリハーサルを見ていた時、加持に大人の意見を聞いてみると、業界人っぽいレトリックでそう言われた。

「そこ過ぎたら引き分け狙いでボール回してる状態になるわけでしょ。そりゃあ、ひとりの淋しさよりふたりの淋しさの方がより淋しいって言うし」

確かにと絹は思った。ひとりで映画を見て、ひとりで本を読んで、ひとりでラーメン屋をめぐって、ひとりでお笑いライブへ行って、少しも淋しくなかった、あの頃の自分はどこへ行ってしまったのだろう。

「別れて別の男探せばいいんじゃないの?」

加持には他人事だから軽く言える。

麦が菜那から「別れてほしくないけど」と言われ、絹が加持から「別れちゃえば」と言われた夜、二人は帰り道に立ち寄ったスーパーで偶然会った。

一緒に帰って、一緒に寝て、その夜二人は久しぶりにセックスした。布団の中、麦が何も言わずに手を這わせ、絹が何も言わずに応じた。

事を終え、二人してキッチンに行って水を飲み、ベランダに出て、夜明け前の多摩川を眺めた。冷え冷えとした空気の中、ふたり並んで、何も言わずに。橋を渡る車の音と川の水音だけが聞こえていた。

2019

29

ドーム形のチャペルの天井にパイプオルガンの音が厳かに響き渡る。二月の吉日、祐弥と彩乃の結婚式に麦と絹は招かれた。司祭の前で誓いのキスをする新郎新婦に拍手を送っている麦と絹には、「結婚」の二文字が遠い他人事に思えた。

式が終わり、列席者たちはチャペルの外階段に並んで待ち、新郎新婦を送り出す。麦と絹は離れて立っていた。

麦は大夢に「絹ちゃんと別れようと思ってる」と言った。

絹は菜那に「麦くんと別れようと思ってて」と言った。

「今もう全然会話もなくてさ」と麦。

「喧嘩にもならないんだよね」と絹。

「感情が湧かないの」

「でもどうやって別れたらいいかわかんなくて」

「別れようで済むのって交際半年以内でしょ」

「うち、五年目突入でしょ。ほら、スマホの解約だって」

「どのページに行ったら解約できるかわからなく出来てるでしょ。引き止めてくるでしょ」

「別れたくないよ、今解約すると損しますよって」

麦と絹の言葉は、LとRに分かれたステレオサウンドのようになっていた。黙って聞いている大夢に麦が言う。

「とにかく今日、この結婚式が終わったら」

黙って聞いている菜那に絹が言う。

「別れるから」

大夢も菜那も何も言えなかった。

「でもね」と絹が続ける。

「でもね」と麦が続ける。

「最後だからこそ」

「最後くらいは」

「笑顔で」

「笑ってさ」

「じゃあねって言おうと思ってるんだよ」

「幸せになってねって言いたいんだよね」

絹も麦も笑顔でそう言った。LとRは曲のエンディングを明るく飾ろうとしている。チャペルから出てきた祐弥と彩乃に向けて、みんなと一緒に二人は「おめでとう」と花びらを投げた。


結婚式の会場は横浜だった。披露宴が終わり、三次会に向かうメンバーの列から離れて絹は夜空を見上げている。麦も立ち止まり見上げると、みなとみらいの大観覧車が赤く光っていた。麦が聞く。

「観覧車って乗ったことある?」

「え、ないの?」

「ないね」

「四年一緒にいても知らないことあるんだ。……乗る?」

「あ、乗る?」

複雑な気持ちで二人は観覧車に乗った。絹はみなとみらいの夜景に目もくれず、引き出物にもらったギフトカタログを膝の上で開いている。

「選べるやつだね。近江牛とかでしょ」

「てゆうか、ここって外見る場所じゃない？」

「夜景好き？」

「……普通？」

「わたし、わあ素敵とか思わないんだよね」

「ミイラ見て、わあ素敵ってなる人だからね」

「自分だって結構楽しんでたじゃん」

「いや、あの時はだって、ほら」

「まあ初のね、デートだったしね」

「内心は引いてたよ」

「わたしも劇場版ガスタンクはすごい眠かったけどね」

「眠かったっていうかもう寝てたもんね」

「寝てたね、すごい寝た」

二人で久しぶりに笑って話した。観覧車の後は二人でカラオケボックスに行って、フレンズの「NIGHT TOWN」を歌った。

もう会いたいな会いたいたいなって
抑えきれないよ　君はどう?
どのみち未来変えたくって
握れない手と手もどかしくて
諦めず距離を縮めようと
頑張って見てもとどかないよ
Who Are You? 君は誰で
What Do You Mean? 誰か教えて

麦が絹の肩を抱き、二人掛け合いで歌った。別れようと決めた夜、二人は最後のデートをしていた。

30

横浜からの帰り道、絹が思いつめたように立ち止まる。

「帰る前に……」

「うん、帰る前にちょっとどっか」

「寄ってこうか」

「うん」

今晩中に別れ話を切り出すというミッションをお互いに抱えている。

「あ、じゃあ、あれ、あそこのファミレス、とか」

「あー、いいね、久しぶり、だし」

最初に二人が告白をした場所。出来すぎたエンディングの舞台を二人は同じ思いで選択した。

決意を秘めた二人は押し黙って店に入った。いつもの席を見ると、すでに二人連れの男性客に先取りされている。店員は通路を挟んで反対側のテーブルに二人を案内した。

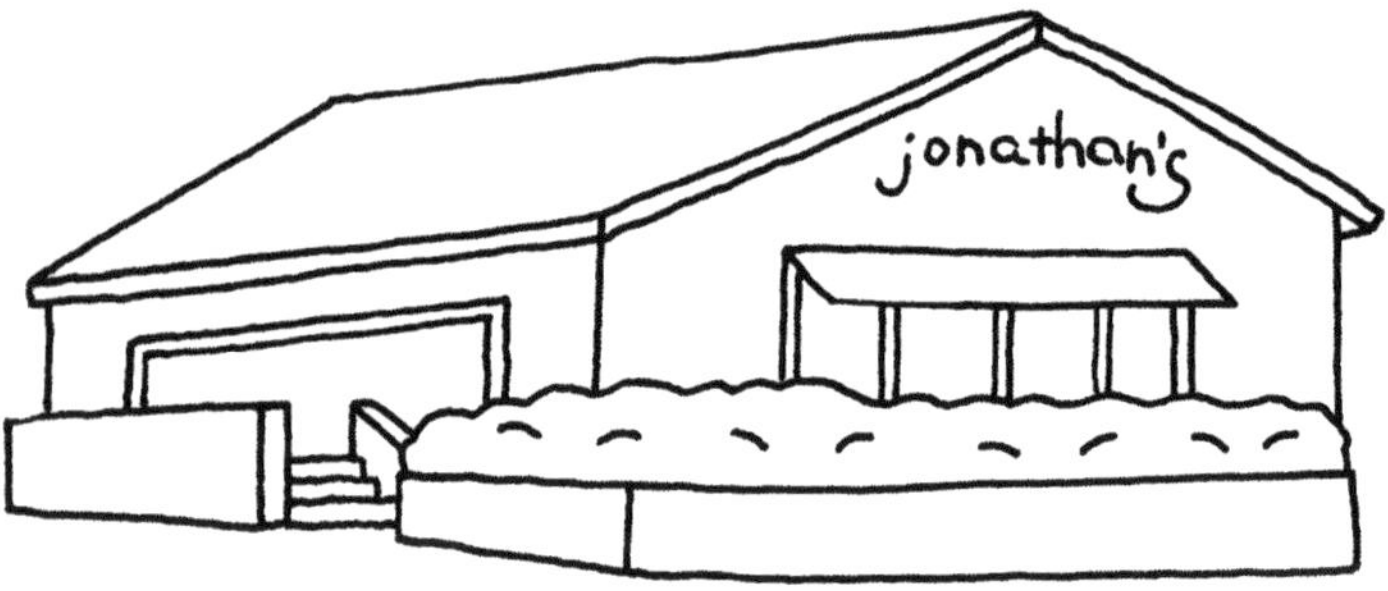
jonathan's

向かい合って座り、ドリンクバーのカフェオレを飲んだ。

「じゃあ……」と麦が意を決して話しかけた時、テーブルの上の絹のスマホのLINE着信音が鳴った。あわててスマホをしまおうとする絹に、「いいよ、出て」と麦が言う。すると、麦のスマホにも着信があり、ピロンピロンと、二人のスマホが鳴り続く。結婚式の幹事から今日の写真が大量に送られてきているのだった。二人は苦笑して画像を見た。

新郎新婦を囲んで、チャペルの中で、チャペルの外で、披露宴で、みんなと一緒に満面の笑みで写っている数時間前の二人。

「めっちゃ笑ってるじゃん」

「楽しかったもん。……自分だって」

「楽しかったもん」

麦は「あ」と思いついて、自分のスマホに入っている古い画像を絹に見せた。絹と麦、海人先輩と菜那、祐弥と彩乃、大夢のメンバーで、屋上でバーベキューをした時の写真だった。

「何年前?」

「三年?」

「そっからもう三年か……」

絹も古い画像を見せた。ロウソクの立った誕生日ケーキを前にした、つきあい始めたばかりの初々しい絹と麦だ。

「これだって四年だよ」

「若いね」

ハハハと笑う。二人は画面を次々とスワイプして、古い画像に見入った。懐かしさと気恥ずかしさと、せつなさが入り混じる。

「楽しかったね」

スマホに目を落としたまま、絹がぽつりと漏らした。麦は「楽しかった」という過去形の言葉の響きにハッとして顔を上げ、絹を見た。

「楽しかったね」

麦が嚙みしめるように言った。絹はスマホを置いてまっすぐ麦を見つめる。

いよいよその時が来たのだと二人は悟った。いざとなると少し弱気になりつつ、麦も覚悟を決めてスマホを置いた。

「ちょっと、じゃあ」

「うん」

「話そうか」

「話そ」

麦はやっぱりためらってしまう。

「別に明日以降でも……」

「今日がいいと思う」

絹は麦の言葉にかぶせるように、きっぱりとそう言った。

「今？」

「今がいいと思う。今日楽しかったし」

「うん……四年ね。四年、楽しかったし」

麦もしっかり絹の目を見た。思いが溢れて言葉が詰まる。

「えっと。えっとさ。今日まで……」

「うん」

「長かったし、まあ色んなことあって、あったけど……」

「うん」

「俺は、俺はね、少なくとも、今日までの、こと……あ、さっきもう一個写真あったんだよ」

またスマホをいじろうとする麦を絹が「麦くん」と止めた。麦はスマホを置いて絹の言葉を待った。

「ありがとうね。……まあ、そのひと言なんだけどさ。楽しかったことだけを思い出にして、大事にしまっとくから。麦くんも、さ」

絹は笑顔で言って、サバサバした調子で続けた。

「部屋はね、とりあえずわたし出て行くよ。わたしの給料じゃ、あそこ払えないし。その後住むかどうかは麦くん好きにしてもらえれば」

麦は黙って頷くだけだった。

「バロンは、わたしが連れていきたいけど、麦くんもそうだろうし、それはこれから話していこ。バロンの考えもあるかもしれないし」

優しく微笑む絹に、麦も哀しく微笑む。こうやって別れるのかと思う。でも何か違うような気がする。

「あと、何だっけ。家具とか、光熱費とか……うん。でも四年、本当にありがと……」

「絹ちゃん、俺、別れたくない」

麦の目が潤んでいた。

「別れなくていいと思う。結婚しよ」

そう言って、麦は両目の涙を拭った。

「結婚して、このまま、生活続けていこ……」

絹も目を潤ませていたが、首を横に振った。

「大丈夫だよ」

「今日が楽しかったから、今だけそう思ってるだけ。また元に戻るよ」

「戻ってもいいいと思う」

絹は頑として首を振る。

「世の中の結婚してる夫婦ってみんなそうじゃん、恋愛感情なくなったって……」

言ってしまった、と麦は思った。だけど本音を伝えたい。

「結婚して続いている人たち、いるでしょ。気持ちが変わってからも、嫌なとこ目つぶりながら暮らしてる人たちいるよ。俺と絹ちゃんだって……」

「またハードル下げるの？」

絹の言葉は痛かった。自分はひどいことを言っていると麦は思う。

「ハードル下げて、こんなもんなのかなって思いながら暮らして、それでいいの？」

自分は青臭いことを言ってるかもしれないと絹は思う。だけど少しぐらいは夢を見たい。希望は持ちたい。

「いい」

麦はあえて強く言い切った。

「もし僕らの気持ちが冷めたんなら、それって、いい夫婦になれる準備が出来たってことなんじゃない？」

何を言ってるのかわからないという顔をする絹に、麦は力説する。

「ずっと同じだけ好きでいるなんて無理だよ。そんなの求めてたら幸せになれない。喧嘩ばっかりしてたのだって、恋愛感情が邪魔してたからでしょ。今家族になったら、俺と絹ちゃん、上手くいくと思う。子供作ってさ、パパって呼んで、ママって呼んで。俺、想像できるもん。三人とか四人で手つないで多摩川歩こうよ。ベビーカー押して髙島屋行こうよ。ワンボックス買って、キャンプ行って、ディズニーランド行って。時間かけてさ、長い時間一緒に生きて。あの二人も色々あったけど、今は仲のいい夫婦になったねって。なんか空気みたいな存在になったねって。そういう二人になろ。結婚しよ。幸せになろ」

涙ぐみながら一気にまくし立てた麦の説得には、胸を打つものがあった。

「そうかもしれないね」

絹は視線を落として迷っていた。それが現実なのかもしれない。リアルな結婚、リアルな家族、リアルな幸福とはそういうことなのかもしれない。

麦は「うん、うん」と頷いている。こんなに必死に訴えてくれる麦がありがたいと絹は思う。

「そうだね。結婚だったら、家族だったら……」

絹がそう言いかけた時、「こちらどうぞ」という店員の声が割って入ってきた。若いカップルが案内されて来る。店員が示したのは、麦と絹がいつも座っていたあのテーブルだった。


水色のダッフルコートを着た女の子と、ワインレッドのパーカーを着た男の子はドリンクバーを二つ注文し、店員が去って行ってもまだ立ったままでいた。

「ハダさん、どっちがいいですか」

「ミズノさんはどっちがいいですか」

「あ、じゃあ、あ、ハダさんこっちで」

「じゃあミズノさんそっちで」

そんなやり取りをして二人は席に着いた。さん付けで呼び合う二人はまだ恋人未満らしい。

麦と絹は何となく気をそがれた感じになってしまい、黙ってカフェオレの残りを飲んだ。

聞くともなしに、ハダさんという女子とミズノさんという男子の会話が聞こえてくる。

「びっくりしました」

「わたしも。ミズノさんいると思わなかったから」

「羊文学のライブ、よく行くんですか」

「二回目です」

「へえ、あ、あと誰とか」

「長谷川白紙さんとか、あと最近、崎山蒼志さん」

「あー、僕、崎山蒼志さん、BAYCAMPで見ました」

「え、行ったんですか?」

「すごく良かったです」

「わたしチケット持ってたんですけど、インフルで」

「あー」

二人は音楽の話で盛り上がっている。麦と絹は何気なく彼らの方に目をやり、「え」と思った。足元を見ると、ハダさんもミズノさんも白のジャックパーセルを履いている。

「じゃあBAYCAMPで会えてたかもしれなかったですね」

「はい。でも今日会えて良かったです」

「本当ですか」

「前の時、LINE聞くの忘れてたから」

「僕も失敗したなって」

「でも、あの時はでもそんなに、今みたいに盛り上がらなかったじゃないですか」

「結構気まずかったっていうか」

「気まずかったですよね」

「でもあの後、僕、ハダさん、今頃どうしてるかなって、しょっちゅう考えてました」

「へえ」

「なんかずっとっていうか」

「わたしも、ミズノさん、今頃どうしてるかなって考えてました」

「へえ」

「まあ、なんかずっと……」

「会えましたね」

「会えましたね」

二人のやり取りを聞いていて、麦はこみ上げてくる涙に目頭を押さえた。絹は麦を見つめ、せつなさで胸が一杯になる。同じことを思っていた。あの頃の麦と絹がそこにいると。

あの席で向かい合って、二人で何時間もおしゃべりした。本の話をして、漫画の話をして、お芝居の話をして、お笑いの話をして、音楽の話をして、ゲームの話をして、何度も何度も笑った。心の底から嬉しくて、楽しくて、二人で一緒にいることが幸せだった。

しかし、現実に今そこにいるのはハダさんとミズノさんだ。二人がドリンクを取りに立ち上がる。

「これ何読んでるんですか」

テーブルの上のカバーがかかった文庫本を見てハダさんが聞いた。「ハダさんは?」とミズノさんが聞き返す。

二人は席に座り直し、自分の持ってきた本を互いに差し出し合った。表彰状の授与みたいにうやうやしく。

見ていた絹はたまらなくなり、嗚咽しながら席を立った。

麦は後を追いかけ、店の外で泣きじゃくっている絹の背中を抱いた。二人向き合い、抱き合って泣いた。

あの若い二人は今咲いている花だ。花はいつか枯れる。だけど枯れてしまっても、そこに美しい花が咲いていたことは忘れない。

こうして、麦と絹は別れることになった。

31

別れ話の夜、二人は初めて会った夜のように、缶ビールを飲みながら甲州街道を歩いて帰った。

「わたしさ、こういう時にいつも思い出すようにしてることがあるんだよ」

絹はこの話を初めて麦に言う。

「二〇一四年のワールドカップで、ブラジルがドイツに七点取られて負けたの知ってる？」

「知ってるよ」

「あの時のブラジルに比べたらわたしはマシだって思うの」

「あー。負けた後のブラジルのキャプテン、ジュリオ・セザールのインタビューは知ってる？」

「え、知らない」

「歴史的惨敗を喫した試合後のインタビューでジュリオ・セザールはこう言った。我々のこれまでの道のりは美しかった。あと一歩だった。って」

いい言葉だなと絹は思った。最後の夜はそうして終わった。

とはいえ、適当な物件がすぐに見つかるわけでもなく、麦と絹はそれから三ヶ月一緒に暮らした。一緒にご飯を食べることもあったし、時には一緒に映画も観た。

ある時、二人でハンバーグを食べていて、麦は自白した。

「今だから言うけど、俺、実はあの後さわやかのハンバーグ食べた」

「わたしも食べた」

あっさりそう言う絹を、麦は「え？」と凝視した。

ある時は二人でタピオカミルクティーを飲みながらお笑い番組を見た。ソファに並んで座って、絹が何でもない調子で聞く。

「正直さ、一回くらいは浮気したことあったでしょ」

「浮気？　え、あるの？」

麦は逆に聞いたが、絹は最初の質問に戻る。

「なかった？」

「え、普通にないけど」

麦が答えると、絹は自分の方の答えを言わず「ふーん」と含み笑いをしていた。麦はお笑い番組にアハハと笑って、「え？」と絹を凝視した。

バロンの監護権は麦がジャンケンで勝って獲得した。引っ越してきた時のように二人で荷造りをし、二人でカーテンを外し、六月のある日、二人揃ってマンションを引き払った。

2020

麦はカフェの入り口の外で彼女を待っていた。思いがけず絹と鉢合わせして、気まずいので早く店を離れようとしたら、彼女が「ちょっとトイレ」と行ってしまったのだ。待っていると、間が悪く彼女より先に、絹と彼氏が出てきてしまった。麦は素知らぬ顔で二人をやり過ごす。絹も素知らぬ顔で彼氏と話しながら行く。

こうなったら絹たちが見えなくなるまでここにいた方がいい。なのに、彼女が「お待たせ」と出てきてしまった。実に間が悪い。麦は絹たちの後ろを歩くはめになった。絹たちのすぐ後ろに乗ってしまったエスカレーターはひどく長く感じられた。

幸い、ビルを出たところで絹たちと麦たちは逆方向に分かれた。背中を向けた麦と絹は互いの連れに気づかれないように、背を向けたままそっと「バイバイ」の手を振った。

その夜は、お互い家に帰って偶然の再会に思いを馳せた。

絹は実家の自分の部屋で一人でご飯を食べながら考えた。
(今日、元カレにばったり会った。多分あれはわたしがあげたイヤホン。二人でSMAPのたいせつ聴いたな。SMAPが解散しなかったら、わたしたちも別れなかったかな、なんて馬鹿なこと思った)

麦は早稲田のマンションでバロンとご飯を食べながら考えた。
(今日、元カノにばったり会った。きのこ帝国が活動休止したこと、粋な夜電波が終わったこと、今村夏子が芥川賞を取ったこと、どう思ったかな。多摩川の氾濫の時、ニュース見て何思ったかな)

絹はお風呂から出て思った。
(彼の部屋に初めて行った時、髪の毛乾かしてもらったな。雨降ってたな。焼きおにぎり美味しかったな。近所のあのパン屋のご夫婦、今頃どうしてるだろ)

麦はPCに向かって思った。

（よく二人で行ったパン屋があった気がする。あの焼きそばパンまた食べたいな）

検索して調べると、パン屋の名前がベーカリー木村屋だったこと、閉店したと絹から聞かされたことを思い出した。

店があった場所を見てみようとGoogleのストリートビューで付近を探索してみた。マンション近くの通りの画像を見ていて、麦は「あっ」と驚いた。

（六年ぶり二度目の奇跡を目撃した）

ストリートビューの画面に、多摩川べりの歩道を花束とトイレットペーパーを持って歩く男女の姿が映り込んでいる。顔にボカシが入っているが、間違いなく麦と絹だった。

「バロン！　見てこれ」

麦は嬉しくて、バロンをＰＣ画面の前に抱き上げた。六年前の学生時代の興奮よりも、二度目の奇跡はじんわり温かい。

「ハハハ、すごいねー」

笑いながら画面をずっと見ていた。画像の中の麦と絹は永遠にあの時間の中に静止したまま、よく晴れた多摩川べりの歩道で仲良く手をつなぎ、顔を見合わせている。ボカシで見えないが、きっと笑顔だ。

坂元裕二　さかもと ゆうじ
脚本家。東京藝術大学教授。主なテレビドラマ作品に、「東京ラブストーリー」「わたしたちの教科書」「Mother」「Woman」「最高の離婚」「問題のあるレストラン」「いつかこの恋を思い出してきっと泣いてしまう」「カルテット」「anone」などがある。また、朗読劇「不帰の初恋、海老名SA」「カラシニコフ不倫海峡」では脚本・演出を担当し、公演を重ねている。

黒住光　くろずみ ひかる
フリーライター。脚本家として「クレヨンしんちゃん」「おでんくん」など多数のアニメシリーズ、大根仁監督のドラマ「まほろ駅前番外地」「リバースエッジ 大川端探偵社」「ハロー張りネズミ」などに参加。ノベライズ作品に『SUNNY　強い気持ち・強い愛』などがある。

ノベライズ　**花束みたいな恋をした**
2021年1月29日　初版第一刷発行
2021年3月3日　第六刷発行

原作・脚本　坂元裕二
著者　黒住光
イラストレーション　朝野ペコ
装幀　名久井直子
発行人　孫家邦
発行所　株式会社リトルモア
〒151-0051　東京都渋谷区千駄ヶ谷3-56-6
電話：03（3401）1042　ファクス：03（3401）1052
http://www.littlemore.co.jp/
印刷・製本所　中央精版印刷株式会社

JASRAC出 2010178-001
NexTone PB000050973
Printed in Japan

ISBN978-4-89815-534-9　C0093